LE DOIGT

DE LA MÊME AUTEURE

IMPASSE VERLAINE, *roman*, Grasset, 2019.

DALIE FARAH

LE DOIGT

roman

BERNARD GRASSET
PARIS

ISBN 978-2-246-82411-4

— Elle a fait un doigt d'honneur.
— Je crois même qu'elle en a fait deux.
— Quand même.
— Ça se fait pas.
— Non.
— Moi j'en fais jamais.
— Pareil.
— Vous devriez peut-être.
— Hein ?
— Ça vous ferait peut-être du bien un ou deux doigts d'honneur.
— Tu veux dire quoi, là ?
— Je dis que parfois ça soulage d'improviser, de changer ses habitudes. L'autre jour, je suis allé à une séance de yoga après le conseil de classe des secondes 2. Ça m'a apaisé.
— C'était comment le conseil des secondes 2, j'ai pas pu y aller ?
— Long.
— Et ?

— 36 élèves et deux heures cinq.

— Et ?

— Les notes au-dessus de la moyenne en vert et les notes en dessous en rouge.

Ça va pas ?

Thibault,
élève au lycée Jean Zay.
(Thiers)

1.

Mardi 16 janvier 2018, 7 h 28 à Thiers, la pluie sur le visage et le petit froid caressent. Elle se gare toujours au même endroit, vérifie les phares, éteints ; la voiture, fermée ; elle vérifie ses bras, ses jambes, ses pieds ; silhouette avec doudoune cintrée marron 2016, un jean Zara dessine le fessier rond, les bottines Camper noires, un sac à dos avec ordinateur et classeurs, trousse et stylos, la capuche lui fait un casque.

Elle respire profondément, calme et contente d'avoir bien dormi, pense à son cours de philosophie sur Jankélévitch et a le pressentiment d'une bonne journée.

Ses pas coupent le rond-point de l'intérieur en direction du portail pour aller droit au but, elle déteste marcher sur le revêtement humide et boueux, salir ses bottines puis le hall, c'est Amina et Rachel qui ont nettoyé. Dans ce matin minuscule auvergnat, les yeux regardent à droite, à gauche, les pieds tracent une courte diagonale hors des passages piétons ; des élèves discutent sur le parvis.

Un klaxon, les épaules sursautent.

La main se lève et fait un doigt d'honneur. Deux enjambées et elle se retrouve devant le lycée, une voiture atteint le parvis en même temps que la femme, l'automobiliste surgit, se plante droit debout, la dépasse d'environ trente centimètres et d'au moins trente kilos, l'homme surplombe, rage et crie : « Recommence ! » et il attend.

Leurs visages sont proches, ils pourraient s'embrasser sur la bouche, un second doigt d'honneur se dresse à deux centimètres de la joue rasée de près. Le corps de l'homme se déploie dans le silence et l'immobilité de la nuit ; son bras se retrouve à quatre-vingt-dix degrés, paume ouverte.

Le visage de la femme reçoit une gifle.

2.

Il a frappé. Très fort.

Le son revient, le mouvement aussi, des élèves se précipitent, Thibault, seconde 4, bégaie vers l'homme plié en deux qui s'échappe vers sa voiture.

Eh monsieur !? Ça va pas ? Ça va pas ?

Il est question de noter son numéro d'immatriculation.

Madame ? Ça va ? Ça va ?

Elle note que la voiture est rouge et neuve, essaie de mémoriser le modèle. Voiture rouge. Neuve. Voiture rouge. Neuve.

Notez Thibault, s'il vous plaît.

208.

On note. Notez. 208. Portable. La prof giflée n'arrive pas à mémoriser la plaque, à retrouver le code de son portable, les chiffres défilent et filent, elle ne sait plus lire.

Notez. Thibault. Notez, s'il vous plaît, la plaque.

Marche arrière. Il s'en va. Il n'est plus là.

Mais il est fou, madame.

3.

7 h 31, c'est arrivé, elle a pris une grosse claque dans la gueule.

Que décider ? Le dire, le raconter pour que ça existe. Un collègue, Clément, lunettes en métal, tête baissée, cartable, pas pressé, arrive sur sa droite ; y a un mec, il m'a frappée, là, maintenant. Il répond : faudra le signaler. Justement, elle vient de le lui signaler. Il s'arrête, l'accompagne vers les élèves, passe le portail, s'éloigne pour ses photocopies ; bientôt 8 heures, les cours vont commencer. Ah oui, faudrait qu'elle aille en cours pour établir si Ulysse est un véritable aventurier. À l'accueil, Rachel est affolée, cherche une solution ; son affolement est un baume, il y a donc un problème. On a le numéro d'immatriculation ? Rachel note, promet de retrouver les témoins et téléphone à l'infirmière qui ne peut pas se déplacer. L'infirmerie est loin. Loin ? Et où ? Quelque part bâtiment G. Il y a un bâtiment G ?

Rachel la conduit. Ta joue est rouge. Traversée des couloirs avec joue gauche rouge, changer de bâtiment, dehors, la cour goudronnée puis un terrain boueux. C'est à cause des travaux ; Rachel raconte : c'est n'importe quoi, il fallait un ascenseur pour l'infirmerie, en plus, il y a eu des fuites, les travaux ne sont pas finis, des années que ça dure, c'est la nouvelle région. Le terrain bourbeux insupporte ses bottines, les verres de lunettes reçoivent la pluie qui tombe, le dos retient le cartable lourd ; les chaussures se tachent forcément de terre, ça va salir, la salir et salir le carrelage du hall. Merde. Elle a coupé le rond-point pour éviter la boue, elle a pris une baffe à cause de ça ; l'injustice crasseuse macule ses semelles, grimpe le long de ses chevilles, court sur ses mollets, atteint son ventre et troue sa poitrine. La prof tente de plaisanter, Wauquiez s'en fout de Thiers, il ne sait même pas où c'est.

Rachel la laisse à l'infirmerie où la grande femme couleur rousse a examiné sa joue. La prof raconte encore ce qui s'est passé. Elle est rouge ta joue, faut aller aux urgences ; moi, je peux rien, ah oui c'est bien rouge, et sinon, ça va ? Mal au cou. Ah. Faut aller aux urgences, c'est de leur ressort.

Terrain boueux encore et la pluie, l'injustice et la honte tortueuse remontent encore le long de ses mollets depuis ses bottines crottées. Bâtiment C. Qui pourra l'accompagner au CHU ? En haut des escaliers, Pierre, prof de techno, ami. Qu'est-ce qui t'arrive ? (encore) Pierre, bon gars, oublieux, mais bon gars bon soldat. Y a un type qui m'a frappée. Merde, c'est bon, t'inquiète pas, oui, oui, je viens avec toi aux urgences. Gêne à l'idée de se retrouver sur un brancard, vêtue d'une petite chemise de nuit entrebâillée qui montre le dos et la culotte, Pierre dans les parages.

Ses élèves de prépa l'accostent. Y a cours, madame ?

Euh non. Il y a un type qui. Qui. Qui m'a frappée.

Madame ? Où il est, on va lui casser sa gueule madame.

Désolée, je ne vais pas travailler, pour le cours, je vous envoie un mail, un fichier.

C'est qui ce type ? On va le démonter madame.

Non, oui, d'accord, merci, c'est gentil, vous inquiétez pas, plus tard, j'ai pas ses coordonnées.

Et là, ouf, Aurélie, son amie, chaleur, puissance. Elle lui raconte. Je viens. Laisse Pierre, j'y vais. C'est qui ce con ? Putain. Mais c'est qui ce connard de merde ? Bouge pas, elle dit aussi. Tu m'attends, je reviens, je préviens mes élèves. Putain, il y a trop de connards, putain. Va dire à la direction qu'on y va. Merde. Connard. Quand Aurélie jure, l'univers se remet droit et c'est une bénédiction. La prof de lettres aime de plus en plus les gros mots et Aurélie.

Au premier étage, le proviseur adjoint, assis sur une chaise, derrière un bureau avec ordinateur très occupé. De nouveau le récit, mais cette fois, honte à cause des doigts d'honneur. Le premier passe, le second pas trop car l'homme sourit, haussement de sourcils, tête qui se penche, il juge, ça agace la femme giflée, désir de le secouer, le frapper et de se blottir dans ses bras. Les dix doigts suspendus au-dessus du clavier ; les gendarmes, faut aller voir les gendarmes, c'est de leur ressort. Elle pleurniche. Bon courage, hein.

À l'accueil, Rachel a le nom des témoins et le numéro d'immatriculation.

Aurélie revient.

Urgences d'abord, gendarmes après.

Elle est victime d'une agression, non ?

4.

Son amie la conduit dans les rues désertes de Thiers, les deux femmes se regardent. Aurélie est un peu désolée qu'il lui arrive tout le temps des trucs. Sa rondeur joviale et brute rassure, pas question qu'il lui en arrive d'autres, c'est garanti ; Aurélie, prof d'anglais, connaît bien le système des emmerdes en branches et là, c'est *enough*. Arrivées sur le parking, son amie ouvre les bras et offre sa belle et large poitrine, elle s'y réfugie. Assises dans une salle d'attente où il n'y a rien à attendre, les deux profs rient de la situation inhabituelle. Qu'est-ce qui vous arrive ? Là, elle culpabilise d'avoir trop entendu cette question, se défend sans conviction.

Un homme.

Une peur.

Passage piétons.

Un coup.

Omission délibérée des doigts d'honneur, ça complique l'affaire d'avoir l'air coupable, elle est là en tant que victime, non ?

Un médecin d'origine indéfinissable se penche sur son oreille, l'examine, il part chercher une ordonnance ; seule dans la salle de soins, avec ses bottines noires souillées de boue rangées au pied du brancard, ses chaussettes dépareillées, elle a le rire fou. La banquette est dure, jaune, les murs pastel, jaunes. Autour le matériel est neuf, la fenêtre opaque.

Qu'est-ce qu'elle fout là ?

Supposée prodiguer un cours de philosophie pour éclairer des étudiants sur le caractère amphibolique de l'aventure chez Jankélévitch et le comparer à Homère, la prof est aux urgences de Thiers, ville auvergnate de 12 000 habitants. Rire. Jankélévitch et Homère ne voient pas ses jambes qui pendent et ses chaussettes idiotes qui répètent *tu as pris une grosse baffe dans la gueule, na na na nanère.* Rire. Le gag de la torgnole passe en boucle. Buster Keaton et Chaplin lui tiennent la main en regardant Footit qui donne une claque à Chocolat. Rires. Quand le médecin revient, il la trouve en train de se bidonner toute seule.

Il rédige le certificat à voix haute : érythème de la joue, gauche. Bourdonnement avec petite baisse de l'acuité auditive, oreille, gauche. Douleur musculaire latéro-cervicale, gauche, avec limitation douloureuse de la rotation cervicale. (A noter déformation de la branche, gauche, des lunettes.) Son œil gauche compatit et pleure avec son œil droit. Labilité thymique. Le docteur s'appelle Khalil.

Ensuite, déposition. Ils sont gentils les gendarmes de Thiers. L'officier écoute le récit.

Et après ?

J'ai entendu une accélération. Il s'est garé sur le parvis du lycée à la Starsky. C'est allé très vite, il est sorti de la voiture, il avait une veste marron, cuir retourné, je me souviens bien, lunettes carrées, 1,80 m au moins.

Elle a eu une vision : l'homme un couteau à steak dans la main droite, assis dans le restaurant Buffalo Grill, une serviette à carreaux rouge autour du cou. Elle ne le dit pas au gendarme.

Et après ?

Il s'est mis debout devant moi et il a crié. Il a crié quoi ? Je ne sais plus. Je ne sais pas ce qu'il a dit. J'ai compris quand il parlait, mais là j'ai oublié, je me souviens de la dernière phrase. Il a dit : « Recommence. » Vous comprenez, dit la prof presque sincère, je suis née dans les quartiers moi, je suis née dans un endroit où il ne faut pas montrer sa peur.

Elle ne précise pas qu'elle a préféré le coup, le risque du coup, plutôt que la certitude de la lâcheté.

Et donc ?

Donc, je me suis dit, une chance sur deux. Je recommence le doigt d'honneur et ça l'intimide, ou pas.

Et alors ?

J'ai refait le doigt d'honneur.

Le gentil gendarme de Thiers répète tout ce qu'elle dit. Il klaxonne, vous avez peur, vous lui faites un doigt d'honneur, il se gare brusquement devant vous, il hurle, vous menace et vous intimide, vous faites un second doigt d'honneur, il vous frappe. C'est ça ? Oui, monsieur, c'est ça. Le monsieur s'appelle Julien.

5.

— T'es au courant ?

— De ?

— Elle a traversé en plein milieu de la route. Et en même temps elle lui a fait deux doigts d'honneur, au gars. Direct.

— Non, c'est pas ça. C'est lui qui a commencé par la frapper.

— Non, il lui a fait peur.

— Comment ?

— Je ne sais pas.

— Et pourquoi il a fait ça ?

— Elle traversait en courant sans regarder.

— Elle s'est jetée sur sa voiture.

— Il a failli la tuer.

— Elle est morte ?

— Elle a voulu lui couper la route avec ses doigts.

— Il a failli mourir.

— Il est mort ?

— De toute façon, c'est dingue.

— Elle, est dingue.

— Tu sais, dans la langue des signes japonaise, le doigt d'honneur occidental, ça veut dire frère. Un sourd-muet japonais qui vient à Paris…

— Mais, ça n'a rien à voir.

— Tu veux un café ?

— Oui, volontiers.

— Tu sais pourquoi ?

— Pourquoi quoi ?

— Pourquoi le majeur, chez les Japonais, c'est le doigt du frère ?

6.

Dans son lit, sept heures après la gifle, la taie d'oreiller reçoit ses larmes sans reconnaissance, ça sort tout seul. Le vent et les volets claquent, la pluie tombe ; un coup à se pendre dit tout le temps sa voisine Hélène quand le ciel est moche. Il manque quelqu'un debout dans l'encoignure à la regarder se moucher dans ses draps. Faudrait changer la housse, les parures des lits king size coûtent cher pour chialer toute seule dedans et même pas pour un chagrin d'amour.

Contre le drap, l'oreille gauche vibre, lance des messages aigus, les boules Quiès atténuent, font bourdonner ce qui vient autour, empêchent le son de lui faire mal. Les images reviennent, impossible d'écarter le souvenir, il va et vient, pose le moment douloureux devant la rétine. Le moment où l'homme la frappe. Une fois. Deux fois. Encore. Et ça revient. Elle se remet à sangloter, songe qu'elle va avoir les yeux gonflés, ça va se voir, ils ont vu, les élèves ont vu, ils ont eu peur, ils l'ont vue être frappée. Voilà, elle est une héroïne au fond de son lit. Youpi. Elle a honte, ne sait pas encore de quoi, se plaint. Sa taie d'oreiller écoute. On ressemble à quoi à quarante-quatre ans, couchée sur le ventre, et un chemisier à fleurs et les cheveux bouclés en bataille et la morve, professeure agrégée de littérature, elle espère qu'elle est pitoyable.

En 2018, le mardi, ce n'est pas son jour de chance. Un mardi pluvieux, il y a eu les essuie-glaces qui tombent en panne sur l'autoroute ; un mardi, il y a eu les menaces, elle veut divorcer, il veut mourir, la tuer, tuer quelqu'un, quelque chose, n'importe quoi qui change les choses ; un autre mardi, elle veut divorcer, le tuer, tuer quelqu'un, quelque chose, n'importe quoi pour pouvoir dormir ; un mardi, il y a eu l'accident de sa sœur, la mort de Jacky, elle l'a su un mardi aussi ; ce mardi, il y a eu l'homme à la voiture rouge. Quand elle a entendu le klaxon, son corps a pressenti l'agacement d'un homme au volant, ça l'a énervée. Elle ne s'est pas retournée, c'est le mécanisme de la peur qui refuse de se montrer ; elle déteste qu'on lui fasse peur, surtout qu'un homme lui fasse peur. Le geste est né, une évidence réflexe.

Elle lève la main droite, un poing, déplie le doigt, le majeur, et elle brandit. Fort et haut. Raide. Elle bande. De son bras et de son doigt. D'honneur.

La taie d'oreiller soupire.

Elle se souvient. Le temps s'est ralenti et s'est découpé en deux lignes distinctes et simultanées.

Première ligne. Obscurité, nuit courte, sommeil dans les paupières, stress du divorce dans les épaules, le cartable tire le dos, la pluie bruine sur les lunettes, la doudoune, la capuche, le portail fer forgé vert à droite, l'énergie du matin dans les jambes, l'entrée du lycée à un pas, la pensée vive et attentive, le lycée blanc, Art déco, lumière lampadaire, l'homme inconnu devant, plus grand, plus fort.

Seconde ligne. Qu'est-ce que t'attends ? Et qu'est-ce qui va se passer ? Tu vas encore avoir des emmerdes. Tu vas raconter ça en salle des profs. Ils vont rire. Tu vas gagner. Il ne tentera rien, c'est un homme, il est lâche, c'est un homme blanc, il est très lâche. Il n'osera rien. T'inquiète, il va se barrer. Toi tu connais la violence, pas lui. Tu as grandi dans un HLM. Tu es plus forte. Et tout le monde le saura, même toi. Tu n'as pas à avoir peur. Marre. Allez. Vas-y. T'as une chance de t'en sortir. Vas-y.

La taie d'oreiller n'ose pas se moquer. C'est ça ouais, tout ça en une seconde.

Elle exécute la même chorégraphie impeccable. Le majeur pointé vers le ciel semi-obscur de Thiers ; elle le pénètre, elle le doigte le monsieur, une seconde fois. L'homme arme son bras, nuit en arrière-plan, prend son élan, la main large, couteau à steak, Buffalo Grill, taureau, enseigne, rouge et blanc.

Il frappe.

Forcément.

La taie d'oreiller hausse les épaules, la femme a parié sur la lâcheté de l'homme, elle a perdu.

Faudrait arrêter de pleurer, sortir du lit, aller chercher les jumeaux à l'école ; non, mardi c'est mamie, mamie d'adoption, amie, elle va prendre les petits, la victime peut rester encore dans les draps et continuer un peu. Après Virginie va passer pour l'emmener voir le médecin légiste ; c'est la deuxième fois dans sa vie vivante qu'elle voit un médecin légiste. Sa taie reçoit son obole habituelle. Elle retourne l'oreiller. Faudrait se lever. Changer de vêtements. La flemme. Le premier rôle garde le costume de l'événement, la prof incarne une belle victime, stylée pour aller au service de médecine légale. La première fois c'était en avril 2007. Elle y était allée seule, les allées et les cailloux blancs devant l'entrée lui avaient fait penser au petit Poucet, aux ogres. À la violence des contes qui l'a toujours fascinée. Le souci, c'est sortir du lit et sortir de la maison. Virginie rit, un peu désolée qu'il lui arrive tout le temps des trucs. Elles rient. Le souci, c'est les embouteillages, être dans une voiture fermée, claustrophobie et agoraphobie.

7.

La prof chiale, mais va mieux. L'événement est clos sur lui-même : le coup, les urgences, le dépôt de plainte, la médecine légale. C'est aux autres d'agir, de mener l'enquête, de trouver le coupable, de l'auditionner, de le juger, de le condamner et de le pendre. Par les couilles.

Dans son lit, elle regarde le puy de Dôme à travers les branches du lilas que le voisin ne coupe pas. L'immobilité du volcan endormi l'irrite. Il ne prend pas parti, refuse de choisir son camp, c'est irritant.

Elle a les documents pour l'accident du travail. Recevoir des coups, c'est un accident de travail comme une foulure, une marche ratée ou un doigt coincé dans une porte. Coup de fil au rectorat. Il est question d'un mot qu'une femme répète, c'est essentiel : imputabilité. Imputabilité ou pas ? C'est la question. Envie de répondre : oui, grosse putabilité de la vie, madame. Grosse grosse putabilité. Peut-être que la femme devine parce qu'elle s'agace ; administrativement, il faut que les choses soient claires : est-ce un accident de service ou non ?

Oui, j'allais au travail. Mais c'est pas si simple, madame. Ah bon. Pourtant j'allais bien au travail, j'étais même à un pas de l'entrée de mon travail, sinon aller me balader devant le lycée Jean Zay à Thiers, à 7 h 30 un mardi de janvier, ça me viendrait pas à l'esprit spontanément. Mais c'est pas si simple l'imputabilité, madame. La question est de savoir si ce qui vous est arrivé est lié à votre travail, si on peut l'imputer à votre travail, mettre les faits au compte de votre situation professionnelle. Vous voyez ?

Elle ne voit pas, ne veut pas voir, raccroche. Fait chier.

La fonctionnaire du rectorat s'appelle Odile.

J'ai les nerfs.

Django,
élève au collège Albert Camus.
(Clermont-Ferrand)

8.

Onze ans plus tôt, le mercredi 18 avril 2007, l'imputabilité est indiscutable. Dans le hall d'entrée du collège, à 11 h 55, la prof est par terre en chien de fusil, le gamin, Django, après l'avoir frappée du poing pour la jeter au sol, lui donne des coups de pied et il y a une quarantaine de témoins.

Dans un collège d'éducation prioritaire, professeure de français langue étrangère pour des élèves qu'on n'appelle pas encore migrants, elle se sent en mission et accueille toujours plus d'enfants et, d'ailleurs, ce mercredi elle a plusieurs classes, dont deux qui n'ont pas cours officiellement ; la prof refuse de les laisser dans la nature sous prétexte que le rectorat n'a pas prévu d'heures pour eux. Persuadée de devoir compenser, héroïne survivante d'une enfance douloureuse en banlieue nord clermontoise jusqu'à l'agrégation de lettres, elle pense devoir quelque chose à quelqu'un. Le matin, aux portes du collège, elle porte une cape et une auréole, croit à son bon droit, celui de la perfection. Elle est capable de tout faire et personne ne la contredit.

Django est gitan, il a treize ans, il est ferrailleur sur son temps libre, il ne sait pas lire, il est méfiant ; tenir un stylo lui coûte une énergie folle, s'asseoir pendant des heures, obéir à un rythme qui n'a rien à voir avec la vie aussi ; Django déteste ça, mais il essaie. C'est bouleversant, gratifiant pour elle et son Éducation nationale. On l'a mis dans sa classe avec Billy, son cousin, parce qu'ils ont été virés d'un autre collège, on ne sait pas où les mettre. Bien sûr, migrant ou pas, elle prend ; classe d'accueil, cape, auréole, bonté divine, perfection.

Dans la méthode de lecture qu'on lui a procurée, il est question de poules et de caravanes, ça ennuie Django. Il n'apprend pas, se tortille sur sa chaise, toujours friand d'une connerie à mettre en œuvre. Un matin, il arrive la main ensanglantée. Les mains de Django ont l'air d'avoir été greffées sur lui : doigts très épais, paumes très larges, peau rêche et marquée ; des mains d'homme sur un corps d'adolescent. Là, il saigne. Elle a l'habitude, elle a toujours ce qu'il faut. Les corps des enfants qui arrivent dans sa classe ont vécu tellement qu'il y a toujours à réparer, panser, caresser et embrasser. Elle est hors la loi en permanence, cape, auréole, blouse blanche, perfection. Elle nettoie la main et ne peut s'empêcher de demander. Le jeu de la fourchette, madame. Le jeu de la fourchette ? Simple. Les hommes ivres. Le gamin pose sa main phalanges écartées et hop hop hop, avec la fourchette. Comme ça, madame, tu vois ? Elle voit. Le gamin rit. Ben mon oncle il était trop bourré, alors il s'est raté plein de fois. Tu vois ? Elle voit. Elle pense, mœurs de Gitans. Ou ennui. Initiation à l'action, à la vie. Parfois il faut être vif comme une fourchette, et impassible comme une main posée sur une table. Éduquer à la fourchette.

C'est par hasard et ce jour-là que le désir d'apprendre de Django arrive. Comme un miracle décidé par lui. Elle lit le *Spleen de Paris* à voix haute pour un autre élève. Il dit, c'est quoi, ça. Un poète qui écrit sur la ville. Il est pas mal. Tu veux lire. Il rit. Madame, tu sais bien j'sais pas lire. Ah. On peut essayer avec ces mots-là, peut-être que les autres étaient mauvais. Le sang est sec sur la main qui prend la photocopie du poème de Baudelaire. Django apprend vite et bien, quasi seul. C'est vexant. Il n'a pas besoin de la prof, tant pis, elle complète quand même son tableau d'honneur républicain avec le petit Gitan. L'école sauve, sûr et certain, la preuve, elle existe et Django aussi. Deux mois plus tard, en avril, c'est la même main qui la frappe et c'est le pied qui dérouille le sacro-iliaque gauche qui relie le bassin à la colonne vertébrale. Ce jour-là, à la récréation de 10 heures, Django avait prévenu : madame, j'ai les nerfs. Comment ça ? J'ai les nerfs. Ça t'arrive souvent ? Des fois. Et qu'est-ce que tu fais quand t'as les nerfs ? Je casse tout dans la caravane. Ah. Ça passe comment quand t'as les nerfs ? Je prends le Lexomil de mon oncle. Ah. D'accord Django, écoute bien, tu vas à l'infirmerie et tu lui dis tout ça à l'infirmière, exactement tout ça et tu restes te reposer là-bas surtout. D'accord, oui, madame. Il a confiance en elle grâce à Baudelaire qui lui a appris à lire. Elle pense tout de suite : cet aprem mail à l'infirmière, rendez-vous médecin scolaire, bilan psy et faut voir ça, protocole de sauvetage mentalement enclenché, cape, auréole, sabre laser, perfection. Là, c'est mercredi, il y a le projet sur la poésie et on va filmer. Après la récréation, les trois classes d'accueil sont dans l'amphi, leurs corps bien vivants, Angélique va filmer, Django est là, corps agité. Pourquoi ? L'infirmière a dit c'est pas la peine. Ah. Contrariété. On verra ça après, la prof et le projet d'abord. On filme. Silence. Django gigote et parle. Elle secoue la main, veut qu'il se taise, ça tourne et ça enregistre. Mime. Chut. Il ne la voit pas. Liang, chinois, dix-huit ans, assis sur le gradin au-dessus de Django, l'a comprise. Il tapote la tête de Django. Et lui fait le signe, mime, chut de la part de la prof, elle. Il a dû taper deux fois. Sur la tête du Gitan. On continue, on filme, on parle, on lit, c'est le principe du projet, ça sonne, c'est bon, fini, ouf, super, elle est bien contente, *hamdoulilah* son projet s'est bien déroulé, sa mission, cape, auréole, allons enfants de la Patrie, perfection, les élèves sortent de l'amphi.

Puis, on l'appelle en hurlements. Vite, viens, vite. Viens.

Elle grimpe les marches en courant. Dans le hall, Liang à terre, le Gitan sur lui et sa main en forme de poing qui s'occupe méthodiquement de la tête du Chinois. Elle y va. Cape, auréole, 1,52 m. Elle tire Django, le tire par le T-shirt, le bras, la peau, l'odeur de sa peau lavée à l'eau froide de la bouche à incendie. Il est debout. Ils sont face à face. Ils pourraient s'embrasser sur la bouche. Ils se fixent, à portée de cils. Le regard de Django dans le sien. Elle connaît ce regard.

Elle lui dit, c'est moi, Django, c'est moi, arrête, c'est moi, Django.

Ça dure cent ans et c'est sûr que c'est moins d'une seconde, c'est trop tard.

Django a deux mains de ferrailleur.

9.

— Ça peut arriver à tout le monde.

— Quoi donc ?

— De péter un câble.

— Pas forcément.

— Si. T'es fatigué, t'as une sale journée, t'as mal dormi, t'as mal aux dents, au dos et tu fais des trucs que tu fais pas d'habitude.

— Genre ?

— Genre tu cries sur les premières STI2D parce qu'ils n'ont pas leur livre. Genre t'en peux plus de l'autre crétin qui n'est pas foutu de remettre du papier dans la photocopieuse. Genre tu tapes ta tête contre le volant de ta voiture parce que tu n'en peux plus et tu te fais mal.

— D'accord, mais y a des limites, j'ai jamais tapé personne, moi.

— Moi non plus.

— Un accident, ça arrive et personne n'a prévu que ça arrive. Personne se lève le matin en disant tiens si quelqu'un traverse pas sur le passage piétons, je klaxonne, si la personne réagit en me faisant un doigt d'honneur, je l'intimide avec ma voiture, je sors de la voiture, je l'insulte, la menace et je lui demande un nouveau doigt d'honneur et si elle s'exécute, je lui mets une énorme gifle en prenant mon élan et ensuite je me sauve avec ma Peugeot rouge dernier modèle.

— Une fois j'ai failli dégommer Mimie Mathy.

— Hein ?

— C'est ma première année de prof, premier salaire. Je reviens d'Angleterre. C'est la première fois que j'ai mon argent à moi, j'ai envie d'offrir des cadeaux à toute ma famille, surtout à ma grand-mère, je lui ai pris un tableau, une gravure, y avait un cadre doré avec un liseré vert. Je le tiens dans mes bras, ça me bouche un peu la vue. Je suis à la gare et y a beaucoup de monde. Devant moi, je vois un espace, je m'engouffre de bon cœur. Et Bim. Je comprends vite que j'ai percuté un nain, une personne de petite taille, quoi. Et là, je dis un truc très con : « Putain, je vous avais pas vue. » J'ai pas baissé la tête parce qu'elle est pas si petite que ça. Mais quand même. C'est après en partant que je me suis rendu compte qu'en plus c'était Mimie Mathy.

— Mais elle a dit quoi ?

— Rien, elle m'a rien dit.

— Moi, une fois, j'ai vu Herbert Léonard au Prisunic de Clermont-Ferrand, au rayon maquillage.

10.

François est rigoureux, il veut connaître le suivi de l'enquête et demande : « Il en est où le bastonneur ? » Elle ne sait pas ; la précision des faits n'intéresse pas la prof allongée, la vie du type à la 208 ne la concerne pas. Qu'est-ce qui leur arrive à ceux qui frappent ? Que peut-elle faire contre eux ? Se sentir victime est une chose, le raconter c'est bien, mais aller le crier sur les toits publics et judiciaires pour le prouver, c'est pas pareil, c'est gênant et effrayant ; pourtant, passé l'hésitation coupable de la délation, le pli est pris, c'est le dépôt de plainte.

Le lendemain de sa raclée gitane, en se tordant le cou devant le miroir, elle observe le large hématome sur son sacro-iliaque gauche. Vertige et larmes, il lui faut un coupable, il faut porter plainte, contre Django, c'est impossible à nier ; elle se rend à la gendarmerie. Le gentil gardien de la paix bredouille une timidité étonnante en la guidant dans l'étroitesse de la cage d'escalier, le bureau est minuscule, l'homme tape à deux doigts, aligne les fautes d'orthographe et s'excuse face à la prof de français.

Le procès-verbal commence par épouse de, enchaîne par fille de et de, puis nationalité, puis profession et domicile, numéro de téléphone et arrivent les faits situés dans le temps scolaire et littéraire « suite à la fin d'un cours de poésie ».

Elle raconte sa dérouillée aux mains d'un ferrailleur gitan amoureux de Baudelaire. Coups debout, coups au sol. Il y a eu prolongation ; le collègue de sport a retenu Django, il s'est débattu, s'est enfui, il a manqué d'attaquer la principale ; relevée, la prof est de nouveau intervenue, cette fois, elle s'interpose pour protéger la chef ; c'est son élève, son Gitan à elle, son pauvre, sa culpabilité, son problème, cape, auréole, dame patronnesse. Le gamin a pris la dame patronnesse par les épaules « fortement en [la] projetant contre un mur ». La bravoure kamikaze n'étonne pas le gendarme, il aurait fait pareil. Django détale et disparaît au bout d'un couloir. Le dos du gamin s'éloigne et signe l'échec d'une adolescence que l'héroïne ne sauvera pas ; corps ployé, elle abandonne, se dirige vers la salle des profs à l'étage. Django a contourné le bâtiment central, grâce à l'architecte, ils se retrouvent de nouveau face à face, il est en haut des escaliers et elle au milieu, deuxième prolongation : « Celui-ci m'a poussée contre la rambarde volontairement et je n'ai pas souvenance d'avoir ressenti une douleur. » Django s'est sauvé, de lui-même, il s'est sauvé « en dehors de l'enceinte scolaire sans autre précision », précise le gendarme qui s'arrête avec satisfaction sucrée sur le mot « souvenance » qu'il a choisi tout seul ; la prof victime trouve ça émouvant, le militaire essaie d'avoir du style pour cacher sa honte orthographique ; les cancres ne virent pas tous délinquants. S'ensuit la description du gamin : « de type manouche, âgé de treize ans, de corpulence trapue, les cheveux coupés court et de couleur noire, les yeux couleur vert clair, une petite barbichette sur le mentant et taillée verticalement, le visage marqué et les oreilles décollées. » Quand elle donne l'âge, elle a honte, un gamin de treize ans lui a tapé dessus. Le gendarme a écrit « mentant » au lieu de « menton », elle se dit que Django a l'air plus âgé, ça la rassure. L'officier note « le professeur de lettre », sans *s*. Coupable de témoigner comme victime, elle demande au militaire d'ajouter une phrase qu'il formule comme un juge-assistant social : « Ma démarche de la dîte plainte est surtout pour que différents services tiennent en charge ce jeune qui me paraît violent et avec un besoin d'aide flagrant et urgent. » Le gendarme s'appelle Noël.

Parce qu'elle trahit.

Le pacte. Le pacte de non-agression.

Elle n'est pas censée porter plainte contre sa race.

Elle est gitane, elle est portugaise, népalaise et chinoise, elle est tous ses migrants réfugiés de sa classe.

11.

— D'accord, mettons le majeur en langue des signes japonaise, ça veut dire frère. Imagine un sourd-muet japonais qui a perdu son frère au jardin des Tuileries, il le cherche, il fait des doigts d'honneur à tout le monde, on finit par lui casser la gueule, au Japonais. Et il l'aura bien mérité. OK, il est sourd, il est muet, il est japonais, mais c'est quand même pas la faute des gens qui se promènent au jardin des Tuileries, si? Voilà. Un geste a des conséquences et tu peux pas accuser celui qui reçoit le geste. Cause, conséquence. C'est comme ça que ça marche.

— Mais, c'est dingue ça. Tu réfléchis à l'envers et t'es content de toi? C'est comme l'autre là, cette idiote absolue, en conseil de classe qui balance au sujet de Martin « avec les difficultés qu'il a, il devrait se donner les moyens de réussir ». Qu'est-ce que ça veut dire?

— Tu proposes quoi toi?

— Je propose rien, je ne suis pas là pour ça. J'accuse personne, je te dis juste qu'on ne peut pas incriminer un gamin qui subit un système et inverser le rapport cause conséquence. Martin on l'assassine et on continue de remplir des bulletins ; on dit que ceux qui réussissent, c'est grâce à nous, et ceux qui échouent, c'est à cause d'eux.

12.

Un jour après la gifle, toujours dans son lit, elle étouffe et demande : pourquoi la violence et moi et moi et moi. Vision d'un panneau lumineux au-dessus de sa tête : ici victime, servez-vous, entrée libre.

Elle s'écrit un nouveau CV. Elle n'est pas née le 22 février, n'est pas brune, n'est pas arabe, même pas berbère, n'a pas eu de parents pauvres et violents, ne s'est pas sauvée du HLM par la fenêtre à dix-huit ans, et surtout n'a jamais fait de doigt d'honneur. Jamais. Du coup, personne ne l'a tapée et ne la tapera jamais. Tout va bien.

Elle a une visite.

Elle est obligée de sortir de son lit, de descendre les escaliers et d'ouvrir la porte. Djamila, une amie militante féministe vient avec un bouquet de fleurs et tout plein de mots à dire et à entendre. La prof victime n'arrive pas à parler à son amie, terrifiée à l'idée d'être au centre d'un peep-show féministe, elle craint de penser les faits, de leur donner un sens, de les politiser au travers d'une cause, elle veut que les faits demeurent bruts et intimes. Angoissée au bout de dix minutes, elle raccompagne Djamila pourtant venue en amie. La prof appréhende les réseaux sociaux qui pourraient prendre parti pour la femme contre l'homme, pour l'Arabe contre le Français, pour la faible contre le fort. Elle veut bien qu'on la plaigne mais un reliquat d'honnêteté et de pudeur l'empêche de vouloir être un symbole de la lutte contre les violencesfaitesauxfemmesarabesprofsetfaibles. Il n'y a rien à combattre, c'est la phase traumatique, c'est la phase hystérique, c'est la phase pathétique, ça se joue à guichet fermé.

Quand Djamila est partie, elle respire, lâche et soulagée ; dans le miroir de l'entrée, le tableau lumineux au-dessus de sa tête : ici victime soumise, servez-vous.

Elle retourne dans sa chambre. Depuis son lit, elle appelle le gentil gendarme de Thiers qui n'en sait pas plus. Le présumé coupable de la baffe dans sa gueule dont elle sait parfaitement la culpabilité n'a pas été appréhendé. Il va sans doute venir à la gendarmerie dans la semaine, peut-être vendredi ou la semaine d'après. Son temps à elle est indexé autour du coup qu'elle a reçu de sa part et monsieur a sa vie à vivre avant d'aller à la gendarmerie. D'ailleurs on lui apprend que l'agresseur s'appelle Laurent, qu'il porte des lunettes, il a été reçu par quelqu'un au lycée. L'idée la cloue au lit, elle y est de toute façon, la direction ne la contacte pas mais reçoit Laurent.

Elle grince, ne travaille pas, elle chiale, ça l'occupe. Les taies d'oreiller ne sont plus assorties à la housse de couette.

La peur gagne sa poitrine, faut la laisser venir, on n'y peut rien ; il y a le Lysanxia, c'est une honte supplémentaire, elle refuse la capitulation choisie de l'anxiolytique, veut croire à l'habitude de ses faits d'armes. Sa vie est un fait d'armes, sa survie aussi. Elle a gagné des concours d'éloquence, s'est extraite de son milieu social populaire et immigré, c'est une gagnante. Qu'on l'acclame. Qu'on lui dise qu'elle est courageuse. Si elle est victime, ce n'est pas de sa faute ; si elle est victime, elle gagne quand elle perd ; si elle est victime, elle n'est pas seule ; si elle est victime, elle est noble, dans son droit, elle est gentille, elle est parfaite ; si elle n'est qu'une victime, elle est une héroïne. La morve s'épaissit et renifle une énième défaite, elle en a marre d'avoir la place pour le chagrin et pas pour la haine. Le panneau indique : ici, victime soumise consentante, servez-vous.

Collègues et amis demandent, c'est qui ce type et pourquoi il a fait ça. Elle ne sait pas, un ingénieur, un ingénieur blanc à lunettes. Aurélie a dit peut-être un notable de Thiers. Comment ça ? On est surpris. Les Blancs notables tapent ? Qu'on l'emmerde pas. C'est juste un homme plus fort et sa petite gueule, c'est elle le sujet, sa petite gueule. Elle éloigne de son esprit la silhouette massive qui frappe. C'est comme Bertrand Cantat. Quoi, Bertrand Cantat ? Qu'est-ce que t'en penses ? Elle en pense rien… si, elle a son idée : qu'il chante ou pas mais qu'il crève, qu'il se taise ou pas mais qu'il crève ; un jour ou l'autre, comme tout le monde, elle s'en fout. Mais elle imagine, des concerts, être applaudi ? Non, elle ne veut pas imaginer, on s'en fout, elle ne veut plus voir une seule main qui s'élance et qui frappe. Elle ne peut plus penser à des coups, recevoir des coups. Elle doit retrouver son corps émietté par le coup et aimer la vie.

Dans l'impasse Verlaine de son enfance, le poète a fait pleuvoir des feuilles mortes et des raclées toutes les semaines. Il y avait le père, il y avait la mère et il y avait leurs mains, leurs pieds, les lanières de cuir accueillis par l'épiderme de la petite fille souvent enfermée dans l'appartement. Cela avait duré dix-huit ans. La chair d'enfant a supporté car le corps battu devient puzzle, la gentille douleur se diffracte sur chaque pièce ; l'esprit peut s'échapper, flotter dans un *no children's land* où la peur se transforme en une mélodie lointaine. L'esprit devient citadelle. Quand la petite fille se retrouve recroquevillée, silencieuse de ses nouveaux bleus, elle cherche le souffle, pour aimer la vie. C'est le processus.

La prof se lève, enfile short noir, brassière de sport et débardeur noir. Sa casquette. Lunettes noires. Avec ou sans soleil. Noir. Qu'on ne croise pas son regard, que personne ne connaisse sa peur. La peur qu'on la devine ; elle, sa docilité de fille ; elle, sa honte de fille ; elle, sa faiblesse de fille ; elle, sa vulnérabilité de fille. Elle court vite, fort, très vite, très fort. Les muscles déploient leur vie, les pieds sur le goudron lui confirment son existence. Dans les descentes, les montées elle vole, la respiration de sa course suit les battements réguliers de son cœur, ses bras oscillent en accord avec un métronome universel.

Son souffle.

Elle y est.

Elle n'est plus une fillette.

Sa foulée a trouvé son rythme, sa respiration l'a convaincue qu'elle n'est pas encore morte. Elle pense.

Amor Fati, disent Nietzsche et l'album de Cantat.

On va essayer de l'aimer, le destin, puisqu'il nous le demande poliment et en latin.

Liberté, Égalité, Fraternité, Hamdoulilah

Devise.

13.

Vingt-deux ans avant le doigt d'honneur et onze ans avant les coups du gitan, l'école est son sanctuaire,. Convertie à la République, elle est la liberté guidant le peuple, se découvre le sein, porte un bonnet phrygien, avance puis écrase Mouloud-Gavroche qui a évidemment échoué, il est mort, il n'a même pas de CAP et pointe au chômage à vingt et un ans. Pas elle. Membre d'une Éducation nationale, quartiers nord de Clermont-Ferrand, la prof arrive au collège très tôt le matin et le quitte le plus tard possible : c'est sa maison, le lieu de sa mission. Reconnaissante d'avoir été sauvée, elle lèche la main qui l'a nourrie. Son existence est la démonstration d'un système vertueux et elle devient la vertu, un produit social de première qualité, pas un avatar discount ; elle donne de l'espoir, elle est l'espoir, un chef-d'œuvre de la République. Applaudissements.

Jusqu'à ce que le chef-d'œuvre républicain ait un énorme bleu sur le cul. Quand elle se met à boiter, fin de la perfection, elle devient triste, d'une tristesse poisse.

Mais elle retourne travailler, docile, héroïque, naïve d'un devoir absolu dont elle a sacralisé la nécessité. Le bonnet phrygien s'effiloche, le sein nu pendouille, la toge perd ses plis. Même pas mal ?

Mouloud-Gavroche est mort de rire.

Entre 1997 et 2007, au collège ZEP, elle réalise des projets tout le temps ; elle projette des projets, des trucs en plus, du bonus, des extras, Toujours Plus, elle veut être prof comme sa mère lui a appris le ménage : méthodique, régulière, appliquée, inventive et exhaustive. Faut passer dans les coins et déplacer les meubles, répéter les gestes et vérifier. Tout vérifier. Allumer la lumière, ne laisser aucune trace, aucune marque de désordre, ranger par taille. Pas un gramme de poussière. Sinon sa mère la frappe. Sa mère Vendredi, Djemaa en arabe, née d'une mère et d'un pays hostiles, orpheline à huit ans, mariée à seize avec un inconnu germain plus vieux, plus lourd, lui apprend la vie comme elle peut. Ce qu'elle sait le mieux faire, c'est nettoyer la France, la mère transmet à la fille, la fille s'applique, aime la crasse, le travail, le petit matin, et être joyeuse, joueuse, le ménage demande de la joie si on ne veut pas s'ennuyer. La fille veut être sûre d'être une fée, la meilleure des fées du logis national. Pour les repas, pareil, faut en préparer trop pour être sûr que ça soit assez. C'est la honte si les invités ont faim. Sa maman le lui a assez dit. Pour être une femme, il faut toujours en faire trop ; déjà en Algérie, la grand-mère le disait en rouant Vendredi de coups comme l'exigeait la méthode éducative berbère transmise de mère en fille. L'hystérie, c'est biologique, question de survie. L'excès, c'est la norme. Faut apprendre à bien fermer sa gueule et à l'ouvrir bien grand si nécessaire.

Une bonne prof, faut que ça pulse, que ça en jette, faut être vivante, fuir l'ennui, rire, rire, rire, on ne sait jamais, des fois que la vie serait triste. L'ennui l'inquiète, la rend honteuse, on ne traîne pas à rien faire ; si elle ne sert à rien, elle n'est rien et elle n'a pas le droit. Travaille bien et surtout travaille beaucoup, t'as compris ou je t'en mets une.

Oui maman.

Tous les mois, elle crée. Danse, journal, théâtre, chant. À vingt-cinq ans, elle a l'idée d'une comédie musicale où il y a plus de cent personnes sur scène. *Au maléfice de la couleur*, c'est le titre. Des profs chantent, des élèves et des membres du personnel chantent, jouent, dansent, elle embauche le principal adjoint pour la technique. Elle a enfin une famille, ses amies profs Julie et Margot sont ses sœurs, le principal M. Turgis son protecteur la soutient toujours. Il y a une énergie incroyable dans ce collège et peut-être que ça la trompe ; elle ne sait pas qu'elle est aussi sauvage que sa mère Vendredi. Elle se sent un elfe spécialisé. Les Noirs, les Arabes, les Portugais, les Tchétchènes, les Mahorais, les Asiatiques, les Américains du Sud et un peu du Nord, les Africains, les Pauvres, les Élèves en Difficulté, et bien sûr la Race de ceux qui n'ont pas d'Enfance parce qu'ils ont des Emmerdes, c'est sa came ; la merde, c'est censé être sa vocation, normal, elle en vient, elle a ça dans le sang. Et elle le prouve.

On ne voit qu'elle, on ne peut pas la rater et elle pense que c'est normal cette anormalité-là. Elle est une bonne prof, il faut que ça se sache, que ça saute aux yeux. Et ça cachera le reste : pas de trace, pas de crasse, pas de race, pas de classe. Elle croit inventer Freinet, grammaire par le corps. Les subordonnées relatives, ce sont des élèves qui s'alignent devant le tableau, ils doivent baisser les genoux quand ils sont subordonnés, donner la main quand ils sont coordonnés, danser sur eux-mêmes quand ils sont indépendants.

Ses élèves sont forts en syntaxe, qu'ils ont dans le corps. Elle est comme eux.

14.

La vie ne lui apprend jamais rien, elle n'a pas que ça à faire.

Après le collège, une mutation au lycée. Son corps boite et ses nuits sont courtes mais elle recommence avec ses projets. Concours d'éloquence. Vidéos. Spectacles. Théâtre. Toujours plus. Elle veut garder son auréole, sa cape. Elle a une nouvelle sœur, Amandine, professeur documentaliste, sourire, douceur, admiration timide ; toutes deux ont la foi et le rire crédules ; le bonheur d'imaginer des projets artistiques. Fabriquer des bouts d'arts à l'école la rend heureuse. Entière. Parfaite. La perfection est la totalité apaisée de son être. La perfection repose, le travail ne peut être terminé que lorsqu'il est parfait, que la serpillière sèche, que le dîner est servi, la vaisselle rangée, le sol sec et éclatant. Il y a Patricia debout qui regarde vers la fenêtre, elle parle pour libérer le monde. Il y a Yacine au profil d'aigle marocain qui déclame en oubliant son bégaiement – il sait qu'il a raison. Et Alexandre pris dans ses kilos qui ne pèsent plus rien, il est capable de voler depuis peu, il joue Sganarelle. Le théâtre, la littérature, l'art fabriquent des miracles à l'école, ou ça y ressemble vraiment beaucoup, elle y croit ; elle achète une cape plus longue et une auréole qui clignote.

C'est lors d'un énième projet, une sortie scolaire que survient un autre *problème*. Sept ans après la raclée gitane et quatre ans avant la gifle thiernoise, 27 novembre 2014, Festival Traces de vie, le festival du film documentaire. C'est important le réel, le réel vrai. Cette année-là, elle a les yeux plus gros que le ventre d'Alexandre. Allez, on part avec toutes les classes de BTS, ça fait un bus. On fait l'appel. Tout le monde est là. Ça va, ça va bien se passer. Le matin, les élèves sont répartis dans deux salles et les accompagnateurs sont suffisamment nombreux. Le temps de midi, c'est quartier libre, on adore l'expression, les profs comme les élèves. Rendez-vous ici, 13 h 45, on fait l'appel avant le début de la séance. Les profs sont en caste attablés à la nouvelle brasserie du Carré Jaude 2. Le serveur met du temps. On prend du retard. Et on boit un verre, elle en boit peut-être deux, il y a du soleil. Le serveur ne prend pas la commande. Tout se joue à rien. Un des profs a rendez-vous au rectorat, il ne sera pas avec eux l'après-midi. Contrariété. Enfin, ça mange. 14 h 05. Les étudiants entrent en retard à la séance. Pas d'appel. Les films sont formidables, c'est fini, c'est super, quelle belle idée ce projet, *hamdoulilah,* allez dans le bus. On les compte.

Il en manque un.

Un Jonathan quelconque qu'elle ne connaît pas.

La consigne était claire : tout le monde doit remonter dans le bus pour rentrer au lycée, pas de voiture personnelle. Chaque élève a signé un document engageant sa parole et sa participation à la sortie, ils sont majeurs, ils signent en leur nom. Elle ne sait pas que c'est un professeur accompagnateur qui a bêtement autorisé Jonathan à prendre sa voiture. Elle est l'organisatrice, la responsable de la sortie et on n'a pas respecté *ses* règles. La peur du désordre pointe son nez, gourmande d'une panique à venir. Dans le bus, elle demande à la cantonade qui a le numéro de Jonathan. Ça répond timidement, une forme de crainte flotte dans les regards ; elle insiste et manipule, c'est pour avoir des nouvelles, c'est tout ; un bras hésitant, un numéro. Elle appelle. Message sur le portable de Jonathan. Re-message. Le bus doit partir sur Thiers. Il faut appeler la chef d'établissement, donc avouer un raté, une erreur, une fêlure dans sa perfection. La chef écoute et raccroche. Elle rappelle et dit c'est bon, on a appelé la mère, Jonathan n'est plus sous votre responsabilité. On vous tient au courant. Affaire close officiellement.

Pas pour la prof organisatrice de perfection.

Elle est moralement responsable, c'est sa sortie, son idée, son projet, sa cape, son auréole, sa République, son pays, son Éducation nationale.

Ce soir-là, elle achète un nouveau canapé Ikea : gris et d'angle, toujours pas de nouvelles de Jonathan. Elle ne dort pas et lui envoie un texto, imagine des courts-métrages documentaires et spéculatifs. S'il buvait, s'il avait un accident, s'il mourait. Donc il est mort, c'est de sa faute, c'est foutu, toute sa belle carrière est foutue ; Jonathan est mort, il perd tout son sang dans un ravin auvergnat victime d'un accident de la route alors qu'il conduisait en état d'ivresse. Traces de vie, festival du film documentaire, bravo le réel va pourrir sa vie.

On apprend deux jours plus tard qu'il est vivant. Ouf. Elle est sauve. Niveau sanction ? On lui marmonne probablement que rien. Affaire close officiellement. Le garçon est revenu en cours, la vie est un long fleuve tranquille alors qu'elle s'inquiète depuis soixante-douze heures. On prend sa peur pour une conne. Elle ne cherche pas à le voir, se renseigne. Alors, pourquoi il n'est pas remonté dans le bus ? Pourquoi il n'a pas appelé pour dire que tout allait bien ? Pourquoi et comment a-t-il pu se permettre ces libertés, hein ? On ne sait pas. Mollesse du collègue, mollesse de tout. Ça la raidit. Sentinelle de la finition sécuritaire, elle se tient en embuscade avec son sabre pédagogique multifonction. Dans le trombinoscope du lycée, elle a vérifié la tête du Jonathan. De type caucasien. Regard malin et cheveux blonds. Tout vient à point. Laisser venir.

Quatre jours plus tard, au détour d'une récréation, elle croise le garçon et l'apostrophe cape, tricorne, baïonnette, Napoléon, garde-à-vous.

Dites, vous êtes bien Monsieur Jonathan Untel. Oui.

Le caucasien est grand, comme tous ses élèves qui la dépassent, elle se demande s'il n'a pas un petit côté Gitan norvégien, paraît qu'il est d'origine catalane. Lui la reconnaît aussi.

Je peux vous parler ? Oui.

On se met à l'écart. Pas d'humiliation publique. Pas de remontrances morales. Juste petite conversation d'homme à homme.

Dites, monsieur, vous savez qu'on s'est inquiété.

J'ai mes raisons.

Vous savez que c'est pas une bonne façon de faire.

J'ai mes raisons.

Vous savez que c'est pas bien de ne pas prévenir.

J'ai mes raisons.

Il a ses raisons et n'a aucun regret. C'est insupportable. Elle ne supporte pas.

Très bien. D'homme à femme maintenant.

Voulez-vous que l'on retienne de vous que vous n'avez pas de parole ? Avez-vous envie que l'on dise, tiens, Jonathan est un homme sans parole ?

Il remue. Touché. Elle marque un point.

Avoir des engagements, c'est important pour un homme. Un vrai.

Two points.

Il s'écarte. Colère.

C'est bon.

Non, c'est pas bon.

Si c'est bon.

Il ne s'excuse pas. Il ne reconnaît pas ses torts. Elle gonfle son jabot, elle est Napoléon, exige des excuses républicaines et impériales.

Monsieur, je vous prie de vous calmer ou je serai obligée d'en référer à la vie scolaire. La prof parle comme ça au ledit qui lève la main vers elle ; torse bombé, elle glisse sa main droite sous son manteau avant de redresser son tricorne pour le dominer, incarner la loi, finir le boulot, il ne gagnera pas. L'organisatrice est là pour réclamer justice, elle est dans son droit, non ? Sous le tricorne, l'auréole clignote trois fois pour dire oui. Il s'éloigne, il ne veut pas frapper et hurle.

C'est ça ouais, tu vas voir ce que tu vas voir.

Vous me menacez, j'en parlerai à la vie scolaire.

Ça circule autour d'eux, la pause clope se termine.

C'est ça, ferme ta gueule sale
pute.

Un temps entre sale et pute. Il a choisi dans le panel des sales trucs qu'elle pouvait être.

Très bien monsieur.

Il a dit et elle se le répète avec gourmandise : ferme ta gueule sale pute. Elle savoure. Elle a de quoi le coffrer le petit con. Elle est une pervenche dont on a insulté impunément l'uniforme pendant deux ou trois siècles et qui a enfin une preuve et des témoins. La baïonnette est chargée, la situation claire : ferme ta gueule sale pute en l'occurrence elle, Napoléon. Elle a réussi son coup, la bête est sortie du garçon, il va payer.

Vous avez entendu ? Oui.

Elle demande à un témoin de l'accompagner. Vie scolaire, personne. Allez voir l'adjointe, personne. La chef? Très bien. Pas de problème. Dans le couloir central, elle croise un prof qui lui apprend au passage que le garçon Jonathan avait eu un petit souci. Quel genre ? On s'est presque battu parce qu'il avait un couteau et que c'est interdit. C'était quand ? Deux semaines, je pense. Et qu'est-ce qui s'est passé ? Le collègue rit, j'ai manqué de lui casser la gueule, je me suis retenu. Ah bon. Et tu as rédigé une fiche incident ? Non. Donc, Jonathan avait un couteau, s'est battu avec un prof et on se marre. Le prof explique que c'est pas grave, pas de vague, on a réglé ça à l'ancienne, les yeux dans les yeux, autorité mâle naturelle. Entre hommes, sur le plateau technique, c'est pas pareil. Elle lui accorde qu'un homme et une femme, c'est pas pareil ; ce qu'elle retient et l'intéresse c'est surtout la récidive, Jonathan est un bon client, elle est ravie, il est cuit et elle n'y est pour rien.

Ferme ta gueule sale pute. L'insulte lui semble un petit bonbon acidulé qu'elle tourne sous sa langue.

Sa nuit d'insomnie et ses jours de peur vont lui être remboursés. Elle ne pardonne pas, il l'a effrayée et elle déteste ça. La peur la dénude et elle ne se met pas à nu devant n'importe qui. Il doit payer. Tant qu'elle n'a pas reçu son dû, elle ne lâche pas le morceau. Question de principe, de valeurs napoléoniennes et africaines.

Napoléon et son témoin arrivent dans le bureau de la chef. Elle raconte et à la fin du récit, comme dans une pièce de théâtre bien rodée, arrive un surveillant escorté par Jonathan qui n'a l'air ni inquiet ni contrarié ; l'élève et la prof se croisent sans un mot. Elle redresse son tricorne, claque le talon de ses bottes et quitte le bureau de la chef d'établissement pour retourner au front ; gauche, droite, gauche, droite, elle reprend les cours, justice est rendue, elle en a référé à la haute administration, *that's all folks.*

Puis à la pause, en sortant de sa salle de classe, elle voit passer le quidam, il lui sourit et lui fait coucou de la main. Elle grimpe les marches deux par deux, et retourne voir la chef. Pourquoi Jonathan se promène-t-il dans les couloirs tout sourire en faisant coucou ? La femme derrière son bureau, le visage placide, le sourire commercial. Vous ne vous sentez pas en sécurité, madame ? Ben c'est pas la question. Vous voulez une mesure conservatoire, madame ? Ben, c'est pas le sujet. Je ne veux rien, je ne comprends pas comment, pourquoi il. Alors que quand même. La République, enfin, le pacte enseignant… et Napoléon dans tout ça, on y pense ? Parce que, pute, ça rompt le pacte national, c'est pas dans mon état civil ni dans mes missions d'enseignement. On lui sourit, on la contemple dans son hystérie ridicule et inutile. Elle part sans claquer les talons et oublie son tricorne qu'elle ne retrouvera plus jamais.

En salle des profs, réunion de crise ; Anna vient réclamer justice avec elle, l'autorité évoque un ressenti de menace. Ressenti de menace. Ben non. Une menace, c'est une menace. Pourquoi pas ressenti de sale pute aussi ? L'affaire était parfaite, close et ils ont tout salopé en libérant le prévenu. Elle voit la vérité s'échapper, les tirs sont déviés et se sont retournés contre elle, elle prend tous les coups.

Encore.

Encore.

Encore.

Elle ne supporte pas. La peur revient, elle tente de contrôler, il ne faut pas montrer la peur, la panique n'est pas loin, c'est la panique.

C'est fait. En une heure, le garçon trouve des témoins qui l'ont entendue le traiter de connard et en témoignent noir sur blanc. En une journée, les élèves la regardent comme une star de téléréalité qui aurait vomi sur le micro du confessionnal tout en égorgeant un bébé phoque. Jonathan s'est senti piégé et il se défend. Le mensonge est sa légitime défense. En deux jours certains collègues haussent le sourcil et d'autres se crispent en la croisant. On se sait plus si elle est coupable ou victime.

Des collègues se saisissent de l'injustice et demandent justice. La chef a du passif, insupporte, usant et abusant de son statut, brouillant son autorité d'une exigence à être aimée, elle se trouve au cœur de mille conflits dans le lycée. L'auréole clignote moins, la cape ne vole plus, elle est la Marianne outragée et c'est l'occasion idéale pour coincer la chef en flagrant délit d'incompétence. Ça prend les proportions d'une affaire complexe alors que ferme ta gueule sale pute, c'était clair comme message; la prof était la gentille et l'élève, le méchant.

Des voix commencent à l'interpeller dans les couloirs. On veut savoir si elle a agressé Jonathan en le traitant de connard. C'est vrai, madame? Non. C'est vrai, madame? Non. C'est vrai, madame? Non. Je suis de votre côté. Quel côté? Vous savez Jonathan a déjà organisé ça dans son ancien lycée, c'est un pro. C'était à Issoire. Il a eu des problèmes avec des profs, il écrivait des témoignages avec ses potes. Ah bon?

Les couloirs sont des épreuves. Sur son passage: Ta gueule. Ta gueule? Qui a dit ça? Personne. Forcément. Ta gueule. C'est vous, je vous ai entendu. C'était pas pour vous, madame, c'était à mon voisin. Lettres d'excuses. Ta gueule. Sale Pute. Elle est une victime, un bourreau, une salope, une boîte à problèmes, une cible, moins une bonne prof, moins parfaite, ça boite de partout.

C'est pas vrai que ça recommence.

Depuis l'affaire Django, elle avait réinitialisé sa virginité, elle était de nouveau parfaite au lycée Jean Zay de Thiers mais les coutures de sa chirurgie intime lâchent à chaque regard de suspicion, à chaque tape sur l'épaule, à chaque parole de réconfort; à croire qu'elle est vraiment une traînée reconvertie dans l'enseignement des lettres.

Aller au lycée devient pénible, angoissant. Elle ne dort pas. À découvert, vulnérable, elle a peur. Elle appelle le rectorat, demande de l'aide, du soutien. Mettez-vous en arrêt maladie, demandez une mutation.

Tentez la planète Mars.

Le 7 janvier 2015, Julie l'appelle, ils ont tué Cabu.

Vos gueules.

Ça fait diversion.

15.

— Le pire, tu vois, c'est qu'on vient d'installer des caméras de surveillance devant le lycée.

— Il va y avoir aussi les portiques Wauquiez. Pour la sécurité.

— Le risque zéro n'existe pas.

— C'est quoi le rapport ?

— On ne protège pas de la violence par de la violence.

— Je sais ça, *so what* ?

— Tu mets des caméras de surveillance et t'as un type qui vient, se gare *fast and furious*, sort de sa voiture, crie sur une fille et la frappe. Juste devant les caméras. Pile poil. Y a rien à faire, les choses arrivent. Sans les caméras, ça aurait changé quoi ?

— Tout.

— Tout quoi ? On dit pas un mot pour rien dire. Tout arrive et la plupart des choses qui arrivent sont prévisibles et structurelles.

— Un type à 7 h 30 du matin, tellement énervé qu'il frappe une fille qui traverse pas sur le passage piétons à Thiers, c'est structurel ?

— Ben oui, la preuve, c'est arrivé.

— Tu m'embrouilles. On peut pas dire que c'est une preuve, vu que c'est après que tu le déduis.

— Écoute, regarde la situation : homme, femme – 1,80 m, 1,50 m – Ordre, désordre – Force, faiblesse. Si ça se trouve, le type a un boulot de merde, ou il a pas pu payer son loyer depuis trois mois, ou il est amoureux d'une fille qui ne l'aime pas, il a mal aux dents, a un début d'ulcère, n'importe quoi… On lui fait un doigt d'honneur, puis deux, c'est trop. Voilà la structure, les soumissions salariales, familiales, financières : il arrive avec son histoire et son humeur, l'autre le cherche, elle le trouve. Quand un être est plus fort, il n'a pas d'autre choix pour se défendre que d'être violent.

— Tu veux dire que c'est lui la victime, là ?

— Peut-être.

— Tu me fais chier.

— Je sais.

Moi, les seules personnes que je connais qui ont des couilles, c'est les gonzesses.

Aurélie,
professeure au lycée Jean Zay.
(Thiers).

16.

— J'en ai marre, marre des copies. J'ai cinq paquets à finir avant le week-end.

— Pourquoi avant le week-end ?

— Je voudrais bien avoir un week-end, ça fait je ne sais pas combien de temps que je n'ai pas rien fait le week-end.

— Faut le faire savoir à mon beau-frère pharmacien qui n'arrête pas de dire que les profs sont des feignasses pour un salaire de dingue. On l'appelle, je te le passe.

— Arrête, c'est pas le jour.

— N'empêche, j'ai vu qu'un doigt d'honneur, ça peut être de l'art.

— Quoi ?

— Tu vas pas recommencer, là ?

— Non, mais écoutez, c'est vachement bien. C'est un artiste chinois. Un dissident. Un révolté, un opposant, tu vois.

— Non, je vois pas, il est 18 heures, j'en ai marre de tout, il y a le conseil de classe d'avant qui a pris du retard, j'ai un rhume et tout m'épuise.

— Mais écoute, c'est marrant.

— Vas-y avec ce doigt si ça t'amuse.

— Oui, vas-y, fais-toi plaisir, de toute façon, on attend.

— Eh bien, il s'appelle WeiWei. Il a monté une exposition qui s'appelle Fuck off.

— Fuck off?

— Va te faire foutre.

— Hein ?

— C'est la traduction.

— Ça va, je sais.

— J'adore l'idée, il met son doigt en perspective devant un monument, une institution, comme ça vous voyez, et bim il se prend en photo, il exprime ce qu'il pense, c'est fort, non ?

— Et quand l'autre, elle fait un doigt d'honneur à deux centimètres du visage d'un homme qui, à bien regarder, n'est pas Kim Jong jsaispasquoi, tu penses qu'elle est révolutionnaire de quoi, au juste ?

— Non, mais projette-toi une minute, si ça se trouve, elle est là et c'est tout le patriarcat qu'elle défie.

— Sérieux ?

— Franchement, je suis d'accord, c'est schématique là, genre période MeToo, balancetonporc blablabla, osezleféminisme, nous toutes gnagnagna.

— Oui, je suis sérieux, peut-être que c'est ce qui la pousse. Je la connais, peut-être qu'elle brandit ce doigt d'honneur pour toutes les femmes.

— Ah ben, ça fait du monde dans sa culotte.

17.

Au lycée, quelques heures après le second doigt d'honneur, les élèves pensent qu'elle est folle et qu'elle a des couilles. Sa taie d'oreiller réclame un moratoire pour ses glandes lacrymales. Devant elle, ses doigts levés jouent avec la lumière, puis tapent sur son portable *doigt d'honneur*. Google répond.

Le doigt désigne symboliquement un phallus et le reste de la main le scrotum. Le phallus étant un membre positif, on suppose que ce geste servait à éloigner le mauvais œil. Dans l'Antiquité, on accrochait des petits phallus au cou des enfants et l'on pouvait en orner sa maison. Au Bhoutan, les phallus sont sacrés. En Iran, le pouce tendu est un doigt d'honneur alors qu'en Occident il symbolise une demande de covoiturage ou le signe que tout va bien.

Elle se souvient bien de ses tantes et ses cousines berbères en Algérie qui ponctuaient leurs histoires de vies avec leur majeur. *Hek. Tiens.* Paume ouverte tournée vers le ciel, majeur dressé vers soi. D'autres fois quand ses cousines se disputaient et que l'heure n'était plus aux mots et pas encore aux coups, elles tournaient la paume face au visage de l'adversaire en abaissant le majeur. *Haki. Tiens.* C'est un geste femelle de défense, une ponctuation finale d'un dialogue qui n'a pas eu lieu ou n'a pas besoin d'avoir lieu.

Elle observe son majeur.

Sa désobéissance est un choix par défaut, une défense de faible ; décider de désobéir, c'est dominer les maîtres qu'elle n'a pas choisis, qui ne méritent pas d'être choisis. De là vient la violence. La leur, la sienne. Un faux maître qui exige une soumission indue s'attire un second doigt d'honneur. C'est l'affrontement.

Elle pose son portable, se tourne vers la fenêtre et le puy de Dôme, mime un combat avec ses doigts.

C'est vrai qu'elle cherche.

Qu'ils la cherchent.

Qu'ils se trouvent.

L'inacceptable n'est pas tant l'homme qui frappe, l'inacceptable n'est-ce pas la femme qui doigte une seconde fois pour être frappée ? Sa rébellion est toujours punie, est-ce la punition qu'elle cherche à travers ses rébellions ? Une sensation perpétuelle de culpabilité sommeille sous sa peau ; ignorante de ses causes, dans le doute, elle surjoue la force et l'autorité au grand jour, qu'on ne sache pas (davantage qu'elle) de quoi elle est tellement coupable.

Sa taie d'oreiller murmure à son oreille droite.

Tu sens le masochisme à la cannelle et à la fleur d'oranger. Tu attires les coups les remarques les avis parce que les coups les remarques les avis t'attirent. Quand on ne te comprend pas, on te tape dessus. Quand tu ne te comprends pas, aussi.

Sa taie d'oreiller soupire et susurre.

Tu as été éduquée ainsi, t'en as pris des coups, c'est comme ça qu'on t'a aimée, c'est comme ça qu'on t'a expliqué la vie. On te frappe, on te soigne, on te terrifie, on te protège, tu t'agenouilles et tu obéis, tu dis merci. C'est comme ça que tu as été fabriquée.

Tu es une fille bien élevée.

Sa taie d'oreiller chuchote que ça vient de son côté africain. Quelque chose dans les gènes et un peu dans le milieu social aussi. Les Arabes pauvres sont des Drama Queens et des sauvages. Tout le monde sait ça.

La fille allongée sur son lit rétorque.

Non, pas elle.

Elle ne veut pas.

Elle est nulle en foot, en hystérie, en marathon, en deal de shit, en vol à l'arraché, en peinture en bâtiment et en terrorisme. D'accord, elle est intervenue pour Django, elle a apostrophé Jonathan et elle a fait deux doigts d'honneur, mais c'est pas pareil.

Sa taie d'oreiller ricane.

Tout ça est bien africain, bien hystérique. Du Nord. Du nord de l'Afrique et de Clermont-Ferrand. Tu danses comme une Savage Queen, tu chantes comme une Savage Queen, tu ris comme une Savage Queen. Tu argues de ta puissance sauvage pour ne pas t'en laisser conter, pour finir l'événement en beauté.

Tu vas au bout de l'événement banal pour le rendre dramatique.

Tu veux changer le score, gagner malgré ta défaite femelle.

Quand tu cherches, tu gagnes.

Quand on te trouve, tu perds.

Tu es une sauvage bien élevée.

Dans l'HLM de ton enfance, tu aurais dû apprendre à faire des révérences, comme Sissi et toutes les princesses civilisées, quitte à t'accrocher un phallus en terre cuite autour du cou pour juguler le mauvais sort.

La fille allongée range ses doigts sous la couette.

18.

— Je sais pourquoi elle a refait un doigt d'honneur. Un type, une chose, une institution, un chat, un poisson rouge, un requin qui se tient devant toi, debout, qui te regarde comme si t'étais rien, qui te dit que t'es rien et qui te parle depuis une morale qui sert à rien, qui te dit là avec ses yeux et sa bouche de toutes ses forces que tu n'es rien, eh ben si ce type te demande de lui refaire un doigt d'honneur, c'est qu'il a aimé le premier. Quand on te redemande un doigt d'honneur, faut pas hésiter, ne serait-ce que par respect pour celui qui réclame.

19.

Elle dort mal et n'arrive plus à parler à son amie Marie, ne veut pas introduire dans sa grossesse des récits d'un monde lointain et violent. La blondeur douce, les yeux bleus de la femme au ventre rond prouvent une innocence paisible possible, la prof multi-traumatisée a besoin de la grâce candide de Marie. Pour la violence, valait mieux que ce soit elle plutôt que son amie qui n'a jamais pris une baffe de sa vie, ils l'auraient tuée et elle s'en serait voulu. Faut pas avouer à Marie que la prof n'est pas folle et qu'elle n'a pas de couilles, que son courage cache des lâchetés, sa force virile n'existe pas.

Ce qui cloue, affaisse, écrase ce ne sont pas les coups ; les coups passent dans le corps, ils se transforment, sont absorbés, le corps sait gérer les coups. Laurent et Django ont de la chance : ils ont frappé la bonne personne. On n'en mourra pas. Promis. Son lit est vaste à engloutir le souvenir qui toque et retoque son esprit éveillé.

La première fois, l'image qui la poursuit et s'interstice sans prévenir c'est le regard de Django ; ce regard fou, noir, attentif, c'est celui de sa mère, celui de son père, celui de tous ceux qui ont besoin de la frapper pour contrôler leur panique. C'est le même. Toujours le même. Quelque chose qui se voile, le temps qui s'arrête, il y a comme des excuses cachées dans ces yeux qui savent bien qu'ils ne peuvent rien, que ça va venir, et que ça va être douloureux pour elle ; les yeux ne contrôlent pas les mains, les yeux ne maîtrisent pas l'affolement des mains, les yeux avouent la violence avant qu'elle ne soit commise. La prof lit dans le regard adolescent qu'elle a perdu, que Django est perdu et peut-être que c'était perdu d'avance ; ce regard qu'elle connaît signe sentence et châtiment, elle sait.

La seconde fois, l'image continue dans le flux du nerf optique, c'est la main large comme une arme. Elle reconnaît aussi. Le bras en suspension perpétuelle au-dessus de la petite fille recroquevillée, le poing qui va frapper la chair, la rotation du poignet qui va abattre les fils électriques, la boucle de la ceinture, le bois du martinet ; le coup suspendu dans une cinétique irrévocable. Qui dit que la fille a perdu. Que Laurent le bastonneur a perdu et que peut-être c'était perdu d'avance. Le bras qui s'écarte à quatre-vingt-dix degrés, elle en est certaine, parce qu'elle a visualisé une équerre, le bras qui prend le temps de se positionner, sentence et châtiment. Elle sait.

Et elle ?

Elle ne fait rien.

Ne doit rien faire.

Elle n'est pas de taille.

Autant attendre.
Que ça passe.
Les coups ça va très vite et ça dure longtemps.
Elle attend,
ne bouge pas,
ne s'éloigne pas.
Elle attend que ça arrive.
Elle observe de l'extérieur, elle n'est plus exactement là.

Elle a cinq ans, elle a deux ans, onze ans, elle a quinze ans, seize, dix-huit ans, elle a vingt ans, trente-quatre, quarante-quatre, elle attend les coups, immobile comme une madone, patiente comme une immortelle, résignée comme une connasse de pénitente.

Il est appelé digitus impudicus (« doigt impudique »).

Wikipédia

20.

— Quelqu'un a vu un parapluie rouge, avec une petite tête de femme africaine ?

— Jonas a eu son bac, il va peut-être avoir une alternance. Un apprentissage à Volvic.

— C'est bien.

— Oui, ça lui fera des sous.

— A peine un Smic.

— Des sous.

— Un doigt d'honneur.

— Comment ça ?

— Le Smic c'est le doigt d'honneur aux travailleurs.

— Ah ? Pourquoi ? Au contraire, non ?

— Ben un Smic à Paris et un Smic à Thiers, t'as pas le même train de vie. Un doigt d'honneur, je te dis.

— Ça recommence ce délire avec ce doigt.

— Personne a vu un parapluie rouge, avec une petite tête de femme africaine ?

— Le m^2 à Thiers, il est en moyenne à 700 euros. Sur Paris t'es en gros à 10 000 euros.

— Non mais c'est quoi ce raisonnement bidon ? Il faut peut-être augmenter le Smic, mais pas l'enlever.

— Je dis pas le contraire, je dis juste que le montant du Smic n'est pas social, il ne protège pas le travailleur tout le temps.

— D'abord, Jonas, va à Volvic hein, pas à New York ni à Paris, et on va pas laisser partir tout en sucette parce que cette conne est pas foutue de porter des moufles en janvier et que ce con peut pas conduire sans sa bite ? Si ?

— De toute façon, j'ai pas le courage de continuer l'accord du participe passé, le paragraphe argumentatif, Victor Hugo ; le pire c'est de continuer de souligner les *s* qui manquent au pluriel.

— Mon parapluie, il est pas grand et rouge.

— Pourquoi, qu'est-ce qui se passe ?

— Il pleut des cordes.

— J'ai huit de moyenne sur mon évaluation de fin de séquence. J'en peux plus.

— J'ai quinze degrés dans ma salle. J'en ai marre.

— C'est toujours pas réglé, cette histoire de chauffage ?

— Le niveau baisse.

— Le chauffage aussi.

— Ben on travaille beaucoup plus, et on gagne moins.

— Et on a froid.

— Pour les élèves c'est l'inverse. Ils travaillent moins mais on les note plus.

— Je ne vais pas y arriver. La réforme Blanquer, c'est la pire. C'est la première fois de ma carrière. J'ai peur, en fait.

— Depuis mai 2017, la protection des personnels est une priorité.

— Personne ne doit être au courant.

— Tu crois que c'est une question de communication ?

— Non, je crois que c'est fait exprès, l'insécurité augmente la docilité.

— Arrête, tu m'angoisses.

— T'es déjà angoissée.

— Moi, ce qui me tue avec la réforme, c'est les heures qui vont disparaître.

— Et alors ?

— Tu sais ce que ça peut représenter en postes ?

— On est trop nombreux, faut penser à la dette.

— Pourquoi tu démissionnes pas, toi ?

— Pour faire quoi ? Je ne sais rien faire.

— Le stagiaire d'histoire de vingt-deux ans qu'on a eu l'an dernier a démissionné. Trois mois à Créteil, une dépression ; il m'a écrit que le collège où il travaillait était *insultant*. Pour les élèves et pour lui. Prix des loyers plus carte scolaire, les pauvres sont parqués, il répétait, on ghettoïse et on dit communautarisme. Les élèves demandent du Sopalin à la vie scolaire pour aller aux toilettes ; en quatrième, certains ne savent pas lire. Paraît qu'en formation on le bassinait avec les valeurs de la République ; il arrêtait pas de me répéter, je les connais les valeurs, mais il fallait que j'utilise un balai pour régler le néon qui ne s'allumait pas tout seul.

— Avec cette réforme, je me suis rendu compte que j'ai plus qu'une dizaine d'heures pour la révolution.

— En même temps c'est suffisant.

— M'énerve pas, on est lundi.

— Ecoute, si on arrêtait de travailler dans ces conditions, une grève générale pacifiste mais révolutionnaire, ça nous prendrait moins de dix heures pour la décider.

— Tu sais le doigt d'honneur…

— Quoi ?

— Il faudrait le mettre dans le cul des ministères.

— T'es con.

— Ah oui ? Et pourquoi donc ? Ça n'a pas d'anus, un ministre ?

21.

Deux semaines après sa dérouillée gitane, elle est reçue par le recteur pour une audience qu'elle a sollicitée. Pourtant, il lui a fait un coup de pute celui-là. Faut dire qu'elle aussi lui a fait un coup de pute.

Depuis le concours d'éloquence académique qu'elle a gagné à dix-sept ans, elle connaît Michèle qui travaille au journal *La Montagne*. Marraine de ses victoires, tantine de ses peines, la journaliste croit en la trajectoire républicaine de la petite brune à bouclettes depuis l'école Diderot vers l'agrégation de lettres ; elle connaît Jean-Paul, journaliste et présentateur vedette à FR3. Il est question de réaliser un reportage sur la prof battue qui porte plainte : ce n'est pas rien, c'est un fait divers et c'est un peu scandaleux. On ne tape pas une prof. Et surtout pourquoi elle ? Dans le reportage, la prof à lunettes refuse de se penser comme une exception et généralise, éducation prioritaire, insécurité, manque de moyens, violence ; cela fait une mauvaise publicité rectorale. Monsieur le Recteur a droit de réponse, refuse de considérer la prof comme une généralité et particularise ; c'est bien dommage, mais c'est une question de bannière, de point de vue. Elle comprend : il ne s'est rien passé de grave, encore un coup des syndicats. Elle se sent dépossédée de ce qui lui arrive, le sens de son histoire tangue, chavire ; trahie, elle multiplie les naufrages et s'applique docilement à surnager.

Deux mois après le reportage, face à Monsieur le Recteur qui a accepté de la recevoir en audience, apparemment sauve et assise sur un fauteuil matelassé chez un tapissier de renom, elle évoque avec gravité la situation du collège, sa mutation, l'état de l'Éducation nationale. Mais ses mots n'ont pas de sens car Nicolas Sarkozy a été élu président de la République depuis quelques jours ; le recteur sarkozyste est joyeux. Il a retroussé ses manches, il fait chaud, il est hilare, la vie est belle, il parle de l'avenir de la France, de la nouvelle éducation nationale française et sarkosyste.

Abasourdie par la liesse du recteur, elle sent la densité du fauteuil sous ses fesses, se redresse pour avoir l'air moins minuscule, rappelle qu'elle est agrégée, qu'elle a bien tout fait comme il faut et que ce n'est pas une raison pour lui taper dessus. Allègre, l'homme parle, concède, bon d'accord on ne tape pas, mais, il l'encourage à l'oubli : faut pas donner de l'importance à cette affaire et puis hein, ça va maintenant, surtout depuis quelques jours. Il est joyeux joyeux. L'avenir s'annonce heureux, pour lui, pour elle, pour la France, qu'on se le dise, il fait beau en plus. Elle se force à une solennité professorale et n'arrive pas à s'accorder sur l'allégresse du bonhomme aux joues pleines. Le téléphone sonne. On clame : c'est Brice Hortefeux. L'homme bondit. Petit clin d'œil, l'avenir l'appelle. Vous pouvez patienter ?

La boursouflure du fauteuil masse son sacro-iliaque patient et douloureux, la lumière printanière traverse les baies vitrées, caresse la noblesse des moulures en stuc des murs, vient vérifier qu'elle existe ; ses yeux fouillent l'espace incongru et doré, elle doute de sa réalité, ses mains pressent ses cuisses, c'est bon, elle existe.

Il est joyeux joyeux le recteur quand il revient. Familier, il s'agit d'une visite de courtoisie entre une duchesse et son ami le comte qui badine. Il connaît bien la duchesse, il est venu plusieurs fois dans l'établissement ZEP, il a posé avec elle et ses élèves migrants sur les photos ; il le lui rappelle, il y avait ce garçon à qui j'avais parlé russe. Elle s'en souvient et visualise parfaitement la crispation tchéchène de la mâchoire d'Aslan, humilié qu'on lui parle dans la langue de ceux qui ont massacré sa famille. Et vous, c'est quoi déjà ? D'origine algérienne ? C'est ça ? seconde ? troisième génération de migrants ? Quand on aime, on ne compte pas, allez, allez, vous avez une carrière, un avenir.

Oui. Avant les coups. Quand elle était une fée nationale.

Dans le bureau de Monsieur le Recteur, seulement deux semaines après sa raclée, la peur patiente, il est question de sa gloire de fourmi à venir, faut tourner la page, forcer le destin, redresser la République, oublier tout ça et passer à autre chose, on est d'accord ? Oui, d'accord, monsieur. Justement, venons-en au fait, j'aimerais bien être mutée dans un lycée, genre lycée de Chamalières, le chic et proche lycée de Chamalières. C'est son premier vœu. Le recteur lui propose mieux : des postes à responsabilité dans des structures qui gèrent des cas sociaux ; il veut la promouvoir, on est entre nous, on va s'arranger, on va compenser.

Ça l'humilie.

Un boulot d'Arabe pour s'occuper des gens de sa race. Non, pas d'accord, elle a l'agrégation de lettres modernes obtenue en métropole et veut être mutée dans un lycée normal. Elle le mérite. Pas question d'un coup de piston pour fourmi arabe disciplinée. Il ne peut pas la forcer à ça.

Il ne la forcera à rien.

Quand elle rentre chez elle, digne comme une Berbère de Wikipédia, elle revêt son heaume à fleurs, sa redingote en papier, son auréole en plastique et elle écrit à Monsieur le Recteur qu'elle a le regret et l'honneur de refuser ce type de promotion, elle explique qu'elle veut suivre la procédure normale de ses douze vœux. L'idée d'être pistonnée ne la choque pas, elle croit le valoir, c'est le lieu du piston qui la vexe. Vercingétorix sur son cheval suspendu place de Jaude se moque d'elle et de sa morale d'esclave qui cherche toujours reconnaissance auprès d'un maître.

On ne s'occupe pas des fourmis polies et fières comme des larves sans ambition car suivant le jeu des points de mutation sans préférence internationale et sans recommandation, elle obtient logiquement et loyalement son douzième vœu : lycée Jean Zay à Thiers. Trente-cinq minutes en voiture de Clermont-Ferrand. À dos de chameau, ça fait plus. Monsieur le Recteur s'appelle Gérard.

22.

— Moi je dis qu'elle le mérite.

— Quoi ?

— Quand même, c'est pas tout le monde qui est agrégé.

— Et alors ?

— Ben, c'est méritant, non.

— Je ne trouve pas. Y en a plein qui la méritent et qui ne l'ont pas.

— C'est une question de travail.

— Et de chance.

— D'obéissance.

— Et de talent.

— De soumission.

— Et de doigté.

Deux semaines après la baffe thiernoise, le proviseur s'excuse des précisions qu'il a requises au service juridique, il les fait suivre dans un mail multicolore. Après quatorze jours de silence, l'homme dont elle attend protection, tendresse, bonbons Chamallow et sollicitude lui transmet la réponse de l'administration dans sa forme brute. « Or en l'espèce, cette enseignante a été frappée parce qu'elle a traversé la route et fait un geste qui a déplu au conducteur. » Direct du droit. « Sa qualité d'enseignante est complètement étrangère à cette altercation. » Uppercut. « Dès lors elle ne pourra bénéficier de la protection fonctionnelle. » Crochet gauche. « Tu peux lui faire part de cette analyse en lui indiquant toutefois que la protection fonctionnelle est de la compétence du recteur et que par conséquent, si elle souhaite déposer une demande en ce sens au recteur, tu la transmettras. » Éponge.

Le chef finit son mail par une pastille Ricola : « J'ai pris de vos nouvelles auprès d'Aurélie et j'espère que vous allez mieux et que nous vous retrouverons bientôt parmi nous. Bien à vous. »

Bien à elle, d'accord, elle n'a pas été agressée en tant qu'enseignante, bien à elle, d'accord, il n'y a pas grand manquement administratif, mais on ne frappe pas une femme à terre, encore moins une prof dans son lit, qu'on la protège, qu'on la sauve, au moins par gentillesse, chaleur, pitié, n'importe quoi, on lui a promis, elle y croit, le rectorat est bon, le monde est bon, l'école est bonne, protège, sauve ; si on apprend ses fables et ses tables de multiplication, tout se passe bien, non ?

A quarante-quatre ans, elle en est toujours à quémander de l'amour auprès de l'Éducation nationale, à désirer se réfugier dans les bras d'une institution amputée de ses quatre membres depuis sa création ; elle a beau lever les yeux vers l'autorité, personne ne croise son regard et ne veut l'adopter. Comme elle a mendié et supplié, ça renforce sa honte et la rend agressive, pourrit sa joie. Elle répond à son chef en noir et blanc, amère. « Bonjour, je vous fais suivre la dernière pièce, ma déposition à la gendarmerie en sachant que le procureur a retenu un délit pour violences volontaires. Une médiation pénale est prévue dans un premier temps et s'il n'y a pas d'entente, ce sera procès. Par ailleurs, j'ai bien reçu la copie du service juridique, il est évident que sur le parvis d'un lycée on est soit boucher soit naturopathe. Etre assistée dans mes démarches dans le cadre d'un accident du trajet n'est pas irrecevable, je continue de me renseigner. Ce genre de choses n'aide pas à se dire qu'on est considéré, parce que si je n'étais pas professeur au lycée Jean Zay, je ne me serais pas trouvée sur ce parvis à cette heure-là. J'aurais pu être dans ma boucherie ou dans mon cabinet de naturopathe. Et ce qui m'empêche de retourner au travail, c'est justement ce sentiment d'insécurité sur mon lieu de travail, c'est de visualiser cet événement à cet endroit-là et je trouve incroyable après ce que j'ai déjà vécu et mon investissement que l'on continue à ne pas m'accompagner. J'en prends note : notre institution est décevante et ce n'est malheureusement pas une nouveauté. Bien à vous. » Bien à eux, elle met en copie Jacques, le responsable syndical, il ne réagira qu'en avril, penaud et tout s'excusant d'avoir mis quatre mois à ne rien faire. Bien à eux, elle n'arrive plus à leur en vouloir, tout est médiocre et ce n'est quand même pas de leur faute.

— Pour moi, c'est une question de civilité. On a un règlement intérieur ; des lois, des règles, il faut un cadre. Ça plaît, ça plaît pas, mais sans cadre, c'est l'anarchie, et on sait où ça mène.

— Où ça mène ?

— Il faut un cadre laïque, républicain, civil. Dans le sens où chacun a sa place, et sa chance. Sinon, c'est l'anarchie, et on sait où ça mène.

— Où ça mène ?

— Le cadre sert à recadrer, mais aussi à encadrer, à protéger. C'est le rôle de la loi. Tu sors du cadre, des passages piétons, tu n'es pas protégée, tu prends des risques, voire une baffe et c'est l'anarchie, et on sait où ça mène.

— Où ça mène ?

— Tu sors de l'école, du système scolaire, tu traverses au milieu d'un sens giratoire au lieu de marcher derrière les barrières, de suivre le chemin que des urbanistes ont tracé pour toi. Tu dois assumer les conséquences. Sinon…

— C'est l'anarchie ?

— C'est ça.

— Et on sait où ça mène.

Elle ne sera donc pas reçue par son chef d'établissement. Faut dire qu'elle lui a fait un coup de pute, aussi.

Quatre mois avant le doigt, elle est membre d'un conseil de discipline : un gamin, parce que chagrin d'amour, boit une bouteille de vodka et s'agite bruyamment, tout en se trompant de chambre à l'internat, quand il se débat, du cannabis tombe de sa poche. Alcool + gros mots + cannabis = conseil de discipline pour demander son exclusion de l'internat. Les témoins défilent. Le garçon a été ceinturé par les pompiers, a subi un lavage d'estomac, a été inscrit à la cellule psy addiction du CHU, les témoins protègent l'élève, les parents supplient qu'on n'exclue pas : ils travaillent tôt le matin.

Le chef propose l'exclusion définitive en précisant : en notre âme et conscience, on n'est pas là pour faire des exemples. En son âme et conscience et parce qu'elle n'est pas là pour faire des exemples, elle vote contre la proposition du chef d'établissement. D'autres prennent la même décision. Majorité. Le gamin n'est pas exclu. Le chef sort en trombe, il ne propose aucune sanction alternative, tant qu'à être laxiste. Il vient d'arriver dans le lycée, veut redresser la barre, marquer son territoire, qu'on reconnaisse son autorité et à la première demande de loyauté, on le renie. Ce sera officiellement de sa faute à elle. C'est forcément sa faute. Qui est la grande gueule qui a posé des questions aux parents et aux surveillants ? Qui est la donneuse de leçons qui a assené des discours sur l'amour et l'adolescence ? De son éloquence habile, de ses métaphores faciles elle a plaidé pour le coupable et rhétoriquement assassiné la possible répression.

La vérité c'est qu'elle est incapable de juger et encore moins de condamner, toute sa chair veut désormais comprendre le mal quand il a lieu. Son émotion ressemble à une rébellion ; l'Institution veut punir le garçon coupable de désordre, elle a l'arrogance de prôner un droit supérieur, celui de la bonté.

Sans surprise, parce qu'ils ont raison et qu'elle aimerait qu'ils aient tort, elle reçoit un courrier du directeur des ressources humaines qui a de l'honneur car il l'informe. « Conformément à l'avis de la Commission de la Réforme en sa séance du 5 avril 2018, je refuse d'imputer au service votre accident en date du 16 janvier 2018. En effet, l'altercation que vous avez eue avec un automobiliste ne peut être considérée comme un accident de service. Vous avez commis une faute intentionnelle en faisant, à deux reprises, un doigt d'honneur à cet automobiliste. Bien que la violence que vous avez subie ne soit pas comparable au geste que vous avez effectué, il n'en demeure pas moins que ce dernier ne peut entrer dans le cadre normal de l'exécution du service ou de son prolongement. En outre, l'altercation ayant eu lieu pendant votre trajet et à la suite d'un fait de circulation routière, le dossier d'accident apporte la preuve que vous n'avez pas subi de violence en raison de vos fonctions ou en tant que représentant du service public. Ainsi, cette altercation est un accident d'ordre privé. En conséquence, les arrêts de travail du 16 au 18 janvier puis du 22 janvier au 8 février ne relèvent pas du service mais de la maladie ordinaire. »

Le directeur des ressources humaines du rectorat s'appelle Dominique.

Elle n'arrête pas les coups de pute, en fait. Sous l'uniforme de l'Éducation nationale Madame reçoit des coups, Madame porte plainte, monte des dossiers médicaux et demande protection. Il ne faudrait pas que ça devienne une mode de mettre à nu un système et sa violence avec. Trois fois en dix ans, Madame abuse, Madame fausse les statistiques, pour qui elle se prend ?

On la tolère et elle est déloyale. L'école de la République la sauve et l'ingrate fille des colonies fait des histoires.

Donc *altercation*. Pas agression. Madame note.

Cadre normal. Faute intentionnelle. Madame note.

Maladie ordinaire. Fait de circulation routière. Madame note toujours et chiale en même temps.

Accident d'ordre privé. Madame note et fulmine et rechiale.

Ça vaudrait le coup d'un suicide en salle des profs par pendaison avec le câble de la machine à café pour exprimer sa désolation. Ce n'est pas tant de ne pas avoir la protection fonctionnelle : elle a un avocat que Michèle lui a présenté, un avocat compétent et gratuit, une Sécurité sociale pour ses arrêts maladie et un salaire mensuel et permanent. Ce qui l'atteint, c'est le montage qui inverse les causes et les conséquences. Ce qui l'atteint, c'est le lexique administratif qui a vite transformé le réel pour le rendre compréhensible et acceptable : non, madame, la violence ne surgit pas comme ça un matin de janvier, la violence surgit parce que l'agent fonctionnaire, oui c'est à vous que je parle, donc, que l'agent fonctionnaire fautif, commet des fautes in-ten-tion-nelle-ment.

Ce qui l'atteint et c'est le pire, c'est d'être jugée responsable de ce qu'elle subit.

Sur le site servicepublic.fr, on précise qu'un « accident de trajet est un accident ayant entraîné une lésion à un salarié, survenu pendant le trajet effectué entre les points suivants : sa résidence et son lieu de travail, son lieu de travail et le lieu de restauration où le salarié se rend pendant la pause repas ». Il n'y a aucune clause restrictive concernant les doigts d'honneur. Son bulletin de salaire du mois de juillet 2018 lui facture ses mauvaises intentions. Deux jours de carence : 116,36 pour le 16 janvier et 116,36 pour le 22 janvier, on ajoute les indemnités et les heures supplémentaires retranchées, ce qui donne un total de : 349,67 euros la baffe reçue. À la place, elle aurait pu se payer un escort-boy vêtu de cuir. Sa taie d'oreiller aurait davantage apprécié.

Allongez-vous par terre comme à la télé.
(…)

Vous croyez que j'ai envie de morfler, j'ai pas déjà assez morflé comme ça.

Sonia,
professeure fictive dans
La Journée de la jupe.

23.

— Sans déconner. Non mais sans déconner.

— Quoi ?

— J'en suis à leur expliquer qu'en France, quand même, on fait caca dans de l'eau potable.

— Hein ?

— Ben oui, j'ai projeté un document sur les pirates somaliens. Ils ne comprennent pas la misère, la différence entre un yacht et une barque. Il y a eu un débat pour savoir qui c'est les gentils, qui c'est les méchants, les Noirs ou les Blancs.

— T'as des Noirs dans ta classe, toi ?

— On n'a pas de prof noir non plus.

— Une fois, un prof de maths, Mamadou, un vacataire. Il est resté un an. Il rédigeait une thèse de maths. Il hésitait entre continuer à être prof ou gagner de l'argent. Je ne sais pas ce qu'il a choisi.

— On devrait organiser le tri plus tôt.

— Le tri de quoi ?

— De ceux qui vont réussir et de ceux qui vont échouer.

— Plus tôt que quoi ?

— On s'appuie sur les statistiques de l'OCDE et on commence à mieux gérer les naissances.

— Tout de suite les extrêmes.

— Quoi les extrêmes ? C'est cohérent, on veut de l'orientation, faut être cartésien, pascalien, pythagoricien, carré quoi.

— Tu es jusqu'auboutiste.

— Moi jusqu'auboutiste ? T'as envie de leur faire croire que ça mène quelque part tout ça, leur dire qu'au bout d'un examen, il y a le salut et la liberté ? C'est ce mensonge qui est extrémiste.

24.

Un an après sa correction gitane, Madame la prof agrégée est assise au cinéma entre Margot et Julie. *La Journée de la jupe* avec Isabelle Adjani. Dans le film, l'héroïne est son sosie ; le minois, les traits fins, la peau claire, les yeux non. Négationniste de ses origines, victime de violences et secrètement désireuse de vengeance, comme Sonia Bergerac, elle est l'Arabo-Berbère qui nie, l'Arabo-Berbère qui pleure quand son père lui parle en arabe au téléphone, celle qui ne supporte pas la musique, ni la langue arabe, ni les reportages sur la guerre d'Algérie, celle qui ne s'abaisse pas à parler arabe avec ses élèves, on est en France, ici, vous voulez vous intégrer ou pas ? La prof d'origine algérienne ne comprend pas la cécité de ce peuple qui gagne une guerre d'indépendance pour mieux se perdre, ses parents lui donnent honte d'être venus en France quémander une vie qu'ils avaient déjà là-bas.

Elle, elle ne mendie pas, elle gagne ; l'agrégée ne travaille pas, elle réussit. L'intégrée au concours de l'élite des enseignants, forte de ses connaissances, comme

Isabelle Bergerac, se trouve au-dessus du niveau de la mer Méditerranée, au-dessus du lot de brutes et de bêtes qui peuplent son passé, son présent et plus jamais son futur ; la preuve, l'agrégée œuvre dans un lycée de Blancs et c'est différent, faut pas la confondre, elle n'a rien à voir avec l'obscurantisme moyenâgeux et barbare des gens de sa race, elle est aryenne, le minois, les traits fins, la peau claire, les yeux, non.

Alors quand Sonia Adjani prend l'arme, elle réécrit sa vie, se rend désirable dans son hystérie justicière, l'arme en main. La prof assise au cinéma s'imagine pointer l'arme sur la tempe de son père, de sa mère, de ses frères, de ses oncles de Marseille, de ses voisins violents du bâtiment 31, du petit dealer de l'entrée 7, de l'imam libidineux de la rue du Cheval blanc ; elle laisse son mépris, sa haine raciste, sa violence se loger dans une noble cause, la sienne. Elle veut être dans le bon camp, celui qui domine à main armée, en tailleur blanc, en jupe blanche. Ce film soulage, la soulage. Elle est émue et en jouit, les racailles ne vont pas s'en tirer comme ça. Le film dure assez pour que l'image des créatures abâtardies et prostrées sous la menace d'un flingue dévoile la vulnérabilité de la prof et mente sur les causes réelles et les chaînes de la violence sociale. Le message lui convient : les agrégées de lettres modernes sont de bonnes Arabes, les autres sûrement pas. Elle en a fini avec *Vendredi ou la vie sauvage* ; elle veut qu'on la regarde en Gauloise forte en langue, forte en mots, forte en lettres aryennes.

Au sortir du cinéma, elle pleure pour la prof et se récrie contre les lâches, les tolérants, les sociologues, les humanistes qui menacent la démocratie et la République en expliquant les causes structurelles de la violence. Expliquer, c'est excuser. Comprendre, c'est excuser. C'est de leur faute si les agrégées de lettres arabo-berbères sont abandonnées avec un Beretta et des sauvages dans des salles de théâtre.

Parce que le Gitan et ses problèmes de Gitan, elle s'en fout, le déclassé social maltraité et ses problèmes d'enfant maltraité, elle s'en foutra aussi et les problèmes du conducteur de 208 oppressé, pareil. Donnez-lui un flingue, une salle de théâtre et une pièce de Molière et elle va gérer. Faut ajouter ça comme épreuve à l'agrégation de lettres : explication de texte au Beretta. Quand les gens ne comprennent pas quelque chose, faut être violent. Pas mieux que le terrorisme pour rentrer Molière dans la tête des racailles, on en parlera au café pédagogique. Pas mieux que les symboles pour qu'on la comprenne enfin et qu'on l'accepte dans le bon camp. Tant pis si elle meurt à la fin. À son enterrement, tout le monde portera une jupe blanche, c'est ce qui compte.

Neuf ans après l'affaire Django, deux ans après l'affaire Jonathan, Najat Vallaud-Belkacem ne s'y trompe pas et lui signe sa nomination aux palmes académiques. « Cette distinction témoigne de votre engagement au service de la République. Je vous adresse mes félicitations pour cette reconnaissance officielle et vous prie d'agréer l'expression de mes salutations les meilleures. »

Le diplôme est accroché au-dessus de son bureau. Elle le reçoit le jour où elle apprend la mort de son père. Elle poste la photo du diplôme sur Facebook, le dédicace aux femmes de sa famille qu'elle ne fréquente plus, se rengorge des likes et du témoignage de sa réussite. Son paternel est mort. Elle est palmée.

Elle revoit son père deux ans après sa mort. L'exposition sur les migrations à Clermont-Ferrand veut mettre de la lumière et de la noblesse sur lui et ces autres qui ont enrichi la Limagne de leur sueur épicée. Le visage rond, Charlot pas drôle à la dentition parfaite et morne, le teint tanné du travailleur en plein air, les rides d'une vieillesse sans sagesse, son papa-charlot se tasse dans un écran de télévision. Elle s'approche, le souffle bouffé de sanglots misérables, pour entendre ce témoin dans un film documentaire sur les *chibanis* travailleurs pauvres et soumis en France après la guerre d'indépendance. Dès qu'elle commence à apprendre à lire le français, elle obéit à tout comme son papa le lui a appris.

Grâce à lui, elle se soumet à briller le plus possible.

Fringante licenciée en lettres modernes, elle descend le boulevard Desaix quand elle aperçoit une silhouette en contrebas ; le manœuvre de chantier, cinquante-sept ans, plié en deux par le poids d'un sac de ciment, sale d'une poudre blanche, fier de construire un immeuble dont le standing lui sera à jamais inaccessible, c'est son père ; la silhouette rayonne de revoir sa fille préférée. Comme elle a honte et peine, comme il est sale, comme elle est propre la licenciée ès lettres face au travailleur enrôlé saupoudré de sucre glace terreux. Colère, tristesse tendre et honte s'emmêlent quand il s'agit de ce *chibani* courbé. À croire que l'Algérie ne peut fabriquer que des traîtres agenouillés dès qu'ils passent la Méditerranée. C'est pour lui qu'elle s'est échinée à compenser l'ombre invisible d'une dynastie inclinée, d'une histoire honteuse où la liberté se vit à genoux ; pour lui qu'elle est devenue le plus bel objet publicitaire possible, le *nec plus ultra des mascottes intégrées* de préfecture.

Assise devant l'écran de l'exposition, face au visage rond de son papa-charlot, elle enfile coupe de crémant sur coupe de crémant, elle n'écoute aucun discours officiel ; à pleurer devant le documentaire, elle a ému le personnel de service qui lui offre des mouchoirs et à boire avant l'ouverture du buffet.

À la tienne papa, désolée.

— J'ai deux chiens et cinq chats.

— Ils s'entendent bien ?

— Ben oui, ils se connaissent depuis tout petits, tu vois. L'autre jour, les chats se sont blottis comme ça contre mon chien. J'ai pris une photo. Regarde. C'est trop mimi.

— Ah oui, c'est mignon.

— Un chien qui a été maltraité, ça se voit tout de suite.

— À quoi ?

— Il t'évite même quand tu veux le caresser.
— Je préfère les animaux aux gens, je crois.
— Un chien maltraité, ça crache pas dans la soupe.
— Quelle soupe ?
— Celle qui le nourrit tous les jours.

25.

Toujours docile, moins d'une semaine après sa raclée gitane, elle se relève au garde-à-vous sur une jambe et retourne travailler au collège avec un bassin fêlé et une tête désordonnée ; cape déchirée, auréole éteinte, sabre émoussé, défaite. Elle boite, la radio dit tout va bien ; elle boite, en noir et gris les rayons X insistent, tout va bien ; elle boite et doit croire l'imagerie médicale. Juste une chose, si elle ne doit pas avoir mal, pourquoi souffre-t-elle ? Son généraliste mène l'enquête mais se désole lui aussi de ne pouvoir élucider ce mystère.

Ses douleurs, ses doutes mangent sa foi ; la petite fille à bouclettes s'est remise à pleurer en silence, elle se fait entendre depuis le coin d'un souvenir de HLM ; la prof n'arrive plus à contenir son enfance, se force à sourire à ses trente-cinq ans au réveillon de la nouvelle année ; elle danse avec Margot, chante avec Julie, s'égaie faussement de son présent, fait semblant d'être heureuse ; elle étouffe de ne pas comprendre pourquoi elle a mal, pourquoi la médecine ne la croit pas, pourquoi la justice et l'Éducation nationale ne la protègent pas.

Le 1er janvier 2008, huit mois après sa dérouillée, elle veut mourir. Elle se retrouve sur le pont de Saint-Jacques, le pont des suicidés clermontois. Le gouffre de sa poitrine douloureuse ne peut être comblé ; elle pleure ; il pleut ; sa vie ne peut pas être sans joie, la petite fille de l'impasse violente lui demande de tout arrêter ; la prof va trouver la force d'enjamber la rambarde ; le vent souffle et ramène au visage le baiser mouillé d'une poignée de feuilles mortes. Comme l'avait écrit Verlaine. Ça l'empêche. Une voiture de police ralentit, elle se retrouve aux urgences à essayer de convaincre une infirmière qu'elle était juste en balade poétique sur un pont hivernal.

Les rituels et la thérapie ont commencé à ce moment-là. Elle s'est mise à vérifier. Tout vérifier : portières, porte d'entrée. À se réveiller la nuit pour aller voir si. Vérifier si. La fenêtre est bien fermée. Vérifier si. Personne dans le placard. Vérifier si. Personne dans la cuisine. Personne dans l'évier de la cuisine. Vérifier si. Personne dans le cagibi. Et la porte, vérifier la porte. Encore. A-t-elle bien vérifié la première fois ?

Elle déteste le silence, allume la télé tout le temps, met de la musique. Dans le silence aussi, il peut y avoir du danger. Elle a peur des portes et des fenêtres, celles qui s'ouvrent la nuit pour laisser entrer les ogres. La bonne vieille peur de son enfance est revenue ragaillardie. Pour Tchekhov, la peur est « blanche et carrée ». C'est exact et épuisant.

GI d'élite en mission permanente dans un pays en guerre, GI en string et sans armes, elle maintient l'hypervigilance de la sentinelle qu'on ne relève jamais. La moindre encoignure, le moindre angle mort réveille ses terminaisons nerveuses. Ça la crève. Et elle est pénible. Pour sa famille, ses amis, ses collègues. Son mari qui l'aide et la supporte.

La peur du danger transforme la peur de la violence en éternité renouvelée. Elle rêve d'être une star de téléréalité qui aurait vomi sur le micro du confessionnal tout en égorgeant un bébé phoque en direct, le gouvernement lui aurait attribué cinq gardes du corps, ou huit, ou mieux, cinquante, c'est un compte rond. Elle rêve de bras, de puissance, d'hommes forts, de tout ce qui pourrait s'interposer entre son corps et le monde. Devenir une chose précieuse et protégée. Mais c'est vers les chefs d'établissement et le rectorat qu'elle se tourne encore.

En vain.

Elle a peur. De tout. Tout le temps.

Au musée du quai Branly, elle est avec Julie et Margot, ses amies de fortune et d'infortune, aux rires et aux corps sans mesure, elles la protègent d'un dérangement psychiatrique définitif par leur amitié totale ; professeures de grec et de latin, elles lui redonnent une antiquité, une adolescence où l'on sort en boîte et visite des musées. Accueillis par des mots polyglottes qui glissent sur le sol et les murs, leurs pas les guident vers une exposition sur le jazz.

De tours en détours, elle se retrouve isolée dans un cul-de-sac ; sur les portants, Joséphine Baker tortille quelque chose qui a l'air d'être son cul. La danseuse offre son africanité, sa sauvagerie intime en spectacle. Les cuisses musclées, la coiffure savante, les bananes, les seins, le ventre sentent le reniement, la trahison.

C'est lent et fulgurant.

L'impossibilité de vivre vient d'abord des pieds, du ciel ou de Joséphine Baker.

Comment est-ce possible d'être glorieuse et belle dans cette danse sauvage ? La femme noire est offerte à un public applaudissant une négresse vêtue d'un pagne, la danseuse d'ébène tressaute ses seins nus sur un charleston, Joséphine est minuscule, ridicule, la prof africaine sidérée aussi.

Très minuscule.

À quelle gloire républicaine prétend-elle vêtue de son pagne agrégatif ? Sa respiration fuyante tient à un fil ténu. Elle fouille l'exposition jazz de tous les yeux qui lui restent, des faces hilares et noires grimacent une allégresse impuissante à la sauver. Incapable de bouger et de retrouver ses amies pour une extradition de l'Afrique vers la Gaule, elle reste immobile, la panique qui n'a pas de montre l'écrase et lui mange le corps.

Julie et Margot la retrouvent, position fœtale larmes sèches panique pure.

Elle est pâle et sniffe la chimie trouble de son angoisse, de sa hantise, de sa matière, de sa force héroïque et de sa faiblesse létale. Elle est accro à sa peur, toxico d'une vie cliniquement fausse. Elle est l'héroïne N° 4, la blanche dont le raffinage poussé nécessite l'utilisation d'alcool, d'éther et d'acide chlorhydrique lors de l'étape finale. Un kilogramme de morphine permet d'obtenir sept cents grammes d'héroïne.

Elle doit peser dans les 53 kilos.

26.

Après deux ans et demi d'antalgiques puissants, deux ans et demi de douleur coupable sans cause avérée, le professeur Chapurlat du groupement hospitalier Édouard Herriot à Lyon lui confirme que son sacro-iliaque gauche souffre ; l'articulation de son bassin a raison de rendre la jambe boiteuse vu qu'elle subit une dysplasie fibreuse. Le médecin lui explique que la ligne blanche visible sur la radio est la conséquence d'une possible fissure ; en outre, les coups ont révélé et réveillé une tumeur osseuse bénigne : son os saigne, là est la cause douloureuse. Tout vient de la première radio réalisée après les faits : elle a été mal lue par le radiologue clermontois. Effet domino, sans domino, il n'a rien vu, donc il n'y avait rien. Le diagnostic lyonnais donne un nom à son mal, elle souffre moins.

Deux mois après, son dossier contre la poitrine, elle attend devant une porte beige pour passer une expertise dans le cadre de son dépôt de plainte contre Django. L'expertise médicale juridique a lieu au pavillon

Saint-Antoine. Le GI qu'elle est devenue étudie le périmètre de combat ; ses yeux de sentinelle fouillent l'obscurité, son esprit sprinte dans tous les sens pour parcourir la rue nappée de crépuscule. L'angle du bâtiment offre le dépotoir de quelques canettes de bière, papiers alimentaires, restes pauvres d'un repas sans domicile fixe, la fenêtre d'un restaurant renvoie l'odeur d'oignons rissolés à l'huile rance ; elle observe les grilles du lycée Camille Claudel et les professeurs aux ombres furtives qu'elle suppose fatiguées. Elle envie ceux qui prennent leur voiture, ils partent peut-être acheter des surgelés chez Picard, au moins ils partent ; elle s'imagine dans le désert pour treize ans de convalescence sociale comme le moine saint Antoine.

En retard, le docteur P. finit par arriver, petite silhouette anonyme, avec un chapeau ou un imper, un personnage de Magritte : un costume sans visage. Il ne la regarde pas, il ouvre la porte, se dépêche, et l'invite à entrer dans une pièce aveugle réduite au plafond bas. « Déshabillez-vous. » Elle reste immobile : « Déshabillez-vous. »

Depuis des mois, elle passe des examens et explique « je suis professeure et un élève m'a tapé dessus ». La bouche articule le mot « professeure » qui n'en croit pas ses lèvres de se retrouver en soutien-gorge et en culotte. « Déshabillez-vous. » Cette fois, elle ne veut pas ; il n'y a pas de cabine, ni de paravent, elle ne veut pas offrir son corps dénudé devant l'homme de Magritte. Elle tente une prière vers l'autre saint, celui du XIIe siècle, Antoine de Padoue, saint patron des marins, des naufragés, des prisonniers, des pauvres, des personnes âgées, des animaux, des opprimés, et des affamés.

L'homme s'agace. « Déshabillez-vous. »

Elle essaie de déboutonner son chemisier, elle a des mains de naufragée, de prisonnière, de pauvre, de vieille, d'animale, d'opprimée, et d'affamée. Le type allume un tableau mural lumineux, répète et il n'est pas calme : « Déshabillez-vous. »

Elle se déshabille.

Devant lui. Elle a honte, plus que d'habitude.

Il tapote avec son stylo sur un carnet. Il veut qu'elle raconte. Elle commence. Il était une fois un professeur dans un collège d'éducation prioritaire qui voulait donner un cours de poésie. Il la fait taire d'un geste ferme, elle se tait. Il sort les radios, les accroche et fronce le sourcil droit. Elle attend, élastique de culotte, bourrelets, agrafe de soutien-gorge, froid, cellulite, mains qui pendent puis bras droit sous sein gauche et vice versa. Bon, il faudrait raconter mieux. Elle raconte : détails, coups, corps par terre, sacro-iliaque, hématome, souffrance, peines, peurs, tourments. Larmes et morve ponctuent le récit de leur humidité saline. Le docteur demande niveau de douleur, il requiert sur la pointe des pieds, et aussi tendez les bras, puis tenez-vous sur un pied et encore tournez-vous et surtout ; penchez-vous en avant.

La morve coule en bas de la marionnette.

Ça gave le médecin.

« Ça va, vous n'avez tout de même pas pris un coup de fusil ! »

En contradiction avec les récentes conclusions du professeur de Lyon, l'expertise médicale juridique évaluera ses dommages corporels à zéro. Le docteur P. s'appelle Denis.

Le même mois, second rendez-vous à l'hôpital Sainte-Marie pour l'expertise psychiatrique juridique. La psychologue a l'air sympathique, elle est brune, elle sourit et regarde par la fenêtre la transparence d'un voile qui laisse passer une lumière blanche.

Bonjour. Oui. Je vous écoute, madame. C'est-à-dire que je pensais que j'allais bien, mais pas vraiment. Je suis retournée au travail, mais c'est que je ne me sens pas en sécurité. Je ne dors pas bien la nuit. J'ai des rituels. Je sursaute souvent et je me fais accompagner dans les endroits inconnus parce que je m'inquiète, voire je panique. Attendez. Attendez, madame. Depuis le début. Ben, c'était le 18 avril 2007, un projet de poésie et un Gitan. Non, pas ce début-là. Ah. Parlez-moi de votre mère. Ma mère ? Et votre père. Mon père ? Votre enfance c'était comment ? Ben, moyen. Appartement 622, Bâtiment 31. C'est-à-dire ? Quartiers nord, immigration, chômage, ménage, serpillière, TF1, assistante sociale, coups.

La conclusion de l'expertise psychiatrique commandée par la juge pour enfants évalue son traumatisme psychologique à zéro. Ce n'est pas comme si elle avait grandi dans une villa chamaliéroise avec parents médecins et grands-parents notaires dont la puissance démoniaque se serait limitée à ne pas servir de Coca au repas et à interdire le Nutella sur les crêpes bretonnes. Là, il y aurait du traumatisme mesurable sur l'échelle de Rockwell et donc victime à indemniser. Comment être certain que ses angoisses ne datent pas de son impasse enfantine ? Comment être sûr que sa blessure n'est pas une séquelle de ses raclées exotiques de banlieue nord ? Django est bien tombé. Jonathan aussi. Laurent pareil. Parce que ce n'est tout de même pas de leur faute si elle a un mille-feuille traumatique sans glaçage qui se pâtisse depuis la naissance. On n'indemnise pas les voitures d'occasion au prix du neuf. Le docteur S. s'appelle Annie.

Elle subit d'autres expertises avec des médecins mandatés par le Rectorat car sa raclée gitane, elle, est considérée comme un accident du travail. Ils reconnaissent qu'elle est une voiture d'occasion mais remarquent qu'elle est davantage cabossée et qu'elle roule moins bien depuis l'agression. L'expertise médicale se déroule de la même manière, mais ce médecin lui parle, sourit, il a un visage et pas de costume et lui laisse garder sa chemise, elle n'est pas une marionnette et raconte tout sur son impasse. Elle est épatante de résilience atypique, il faudrait que vous en soyez fière, hein ? Oui, docteur, je vais essayer. En somme, il apparaît que sa jambe ne boitait pas, que sa bouche n'avalait pas d'anxiolytiques avant l'agression. L'expert-psychiatre avec un nom de poisson lui sourit, et conclut à un rapport direct et exclusif compte tenu de l'état antérieur asymptomatique.

Pour traiter la dysplasie fibreuse, on lui propose une perfusion. Aclasta 5 mg. En intraveineuse. Acide zolédronique. 100 ml. 285,13 euros, remboursés par la Sécu. C'est ce que l'on donne aux vieux pour traiter l'ostéoporose. L'acide zolédronique appartient à la classe des bisphosphonates azotés ; il agit principalement sur l'os. C'est un inhibiteur de la résorption osseuse médiée par les ostéoclastes, dit la notice. Ça fait un mal de chien écorché à la pince à épiler. Myalgie intégrale. Elle n'a jamais connu ça. Un degré de douleur où on ne pleure pas. Où l'on se confond dans un au-delà, blottie à l'intérieur d'orbites brûlantes d'une fièvre saline. Pendant trois jours, elle est un radeau dont elle reçoit chaque écharde sous les ongles. Les nausées soulèvent le corps lourd et épuisé de drainer cruellement la substance dans les moindres recoins osseux. Elle goûte à l'infini du temps et elle est favorable à l'euthanasie systématique et institutionnelle à trente-six ans.

Le tribunal ne lui reconnaît aucune séquelle suite à son cours de poésie baudelairienne et musclée, mais le 7 septembre 2010, l'État lui octroie une allocation temporaire d'invalidité. On lui accorde une incapacité de travail de 19 %, un nombre qui signifie que c'est sérieux mais pas grave. Cette reconnaissance chiffrée la soulage. Le numéro d'inscription au grand livre de la dette publique est le 15801622Y et la pension se monte à 211,14 euros par mois.

Quand Jonathan l'informe qu'elle doit fermer sa gueule en tant que sale pute, quand Laurent lui met une baffe, elle est une bagnole d'occasion à moins 19 % ; on peut en obtenir un bon prix en pièces détachées.

27.

Elle n'en finit pas d'être punie d'avoir été frappée, la douleur nourrit un sentiment d'injustice et de culpabilité qui l'aveugle. Enroulée dans sa couette et ses hontes qui lui donnent mauvaise haleine, elle ressasse toujours et se rappelle ses deux accouchements où elle avait transformé sa douleur en gospel, hors de question de hurler avant la péridurale. *Glory, glory, Hallelujah.* Pourtant, à la maternité, il ne viendrait à l'esprit de personne de mettre dehors les futures mamans qui gueulent pour accoucher. *Oh my Lord.* L'engrossée chante à tue-tête ; sa fuite totalitaire de la douleur la pousse vers la violence qu'elle croit avoir quittée à dix-huit ans. Elle refuse la réalité ; c'est de la non-violence quand elle tire Django par le bras, de la non-violence quand elle accoste Jonathan, de la non-violence quand elle fait deux doigts d'honneur. Ce sont les autres qui sont violents et surtout les hommes, la preuve, c'est de leur faute si on accouche aussi, les mâles portent le feu dormant de la bestialité préhistorique de leur corps, ils sont mauvais de ce feu primitif des grottes mal éclairées alors qu'elle, elle est douce, accouche en chantant, sous anesthésie.

Django est mal tombé. Jonathan est mal tombé. Laurent est mal tombé. La principale K. est mal tombée, la proviseure L. est mal tombée, le proviseur G. est mal tombé. Le rectorat de Clermont-Ferrand est mal tombé. Elle repasse le film de ses culpabilités et repeint le décor.

Ils n'ont pas de chance ceux qui la frappent, elle ne leur donne que provisoirement puissance, même la peur la ramène à la vie, la jette dans une énergie folle. Pour elle, vivre est une urgence permanente. C'est pour ça qu'elle les attire, qu'elle plaît ; elle est irrésistible dans sa force désirable de vie, c'est pour ça qu'elle est frappée. Sa puissance c'est sa vitalité, sa vitalité est une violence ; sa résistance est une violence faite aux autres et surtout aux hommes, c'est son système de sécurité, elle en a besoin. C'est sa maman qui lui a appris ; bien avant sa naissance elle lui a tout expliqué, c'est une bonne mère.

Ma petite fille, je peux te tuer, trouve à me survivre.

Écoute ce que je te dis, la mort est à la racine de ton souffle.

Oui, maman.

J'ai mes raisons.

Jonathan,
élève de BTS au lycée Jean Zay.
(Thiers)

28.

La première fois qu'elle est citée à comparaître au tribunal de grande instance à Clermont-Ferrand, c'est contre Django. Lui, ce n'est pas sa première fois, il est récidiviste à treize ans. Son avocat, mari d'une amie, la prévient : « Nous travaillons pour la gloire, ce qui ne vous déplaira pas. » Il ne lui réclamera aucun honoraire, se contentant de la maigre indemnité du rectorat.

Au tribunal, devant les grilles bleues, elle compte sur ses doigts les absents qui ont toujours tort et s'émeut des présents. Certains viennent de Thiers quand d'autres n'ont pas pu prendre le tramway à Clermont-Ferrand, pour cause de contrôle en classe de sixième. Ceux qui l'aiment la suivent. Ceux qui ne la suivent pas sont des ennemis de sa Patrie. L'avocate de Django est vive. Son avocat à elle, notable aux allures altières semble bourgeois, c'est un aristocrate. Pot de terre et pot de fer. Django a grandi, il est assis sur une chaise calme, bien coiffé, porte une chemise. Il est beau. Sage de ses yeux verts attentifs, il la regarde et lui sourit. Elle est contente de le voir élégant et calme, elle a eu raison de porter plainte ; puis l'avocate de Django surprend la prof de son argumentation défensive qui condamne celle qui a pris les coups. Django est suivi, il va mieux et poursuit sa scolarité. Il avoue : « Elle est gentille, elle m'a appris à lire. » Son avocat : « Ma cliente va mal depuis le 18 avril 2007. » L'avocate de Django interpelle la prof sur son gabarit peu adéquat à intervenir dans une bagarre. Un mètre cinquante-deux, c'est pourtant pas mal pour une naine. La procédure se poursuit. En appel.

Une naine ne comparaît qu'une fois dans sa vie, c'est la base. Par ailleurs, les résultats des évaluations médicales judiciaires ont conclu qu'elle est une naine en pleine santé. Son avocat l'informe ; la juge arabo-berbère craint d'être accusée de favoritisme communautaire, elle n'ordonnera pas de contre-expertises malgré les nouveaux examens et le diagnostic sans appel du spécialiste lyonnais. Pot de semoule. Avec boulettes. Lors de cette deuxième audience on apprend que la violence et les angoisses de Django sont culturelles, on lui a arrêté son traitement. Il n'est pas calme. C'est un Gitan, faut le traiter en Gitan. Il sera condamné.

29.

Deux semaines avant Noël, suite à l'intervention du délégué syndical et des professeurs qui la soutiennent, elle reçoit une lettre recommandée avec accusé de réception. On la prie de bien vouloir assister aux travaux du conseil de discipline afin d'être entendu(e). On reproche à Jonathan d'avoir prononcé le lundi 1er.12.2014 vers 13 heures à l'égard d'un enseignant les termes suivants : « Ferme ta gueule sale pute » et de l'avoir menacée.

Le 15 décembre 2014, elle est forte, elle est forte, elle est forte.

Dans le hall, le sapin mesure près de deux mètres, un traître collègue étreint la mère du délinquant, l'embrasse sous l'arbre de Noël ; ce serait du gui, il la baiserait sur le carrelage ? Mirage porno de la mère allongée et le professeur félon la chevauchant.

Elle est innocente, innocente, innocente.

C'est à son tour ; son témoignage tient sur une feuille simple et demie, la salle des conseils a l'air d'avoir approfondi sa jauge. À sa droite, la chef et l'adjointe président. En face, les membres professeurs du conseil de discipline. À sa gauche, des parents d'élèves. Jonathan et sa mère sont en face de la direction à l'autre bout de la salle. Personne ne lui sourit. Seuls la mère et le fils la fixent. Des pensées coupables affleurent, elle refoule puis témoigne.

Le garçon se lève, s'écrie : c'est une menteuse. L'insulte la découpe. Elle se tourne vers la proviseure, implore le silence, le droit de témoigner sans être de nouveau insultée. L'adjointe, femme ronde de corps et d'esprit croise le regard de la victime, compatit et s'affaisse dans sa chaise. La chef raide d'une émotion froide énonce d'une voix calme et caressante que Jonathan peut sortir s'il le désire. Il sort. La prof témoigne, suite. La mère interrompt : « Ne la croyez pas, elle a l'air toute gentille avec sa robe. Elle devrait être avocate. » Sa robe ? Pourquoi est-il question de sa robe d'innocente ? L'agrégée a le désarroi au bout des doigts et peine à retenir une urine bien chagrine de participer à tout ça.

La proviseure reste mutique.

Pourtant elles avaient eu le coup de foudre trois ans auparavant. La prof, retour de congé de maternité, robe d'été, décolleté de femme allaitante, la nouvelle chef, visage fin, maigreur violente lui dit : « Mon soleil. » Affable, la proviseure l'avait appelée « bichette » et l'avait tutoyée.

La lune de miel n'avait pas duré entre la prof émotive et la chef abusive ; l'une multipliant les arrogances, l'autre les abus d'autorité, elles avaient fini par avoir peur l'une de l'autre. Au conseil de discipline, l'adjointe embarrassée enjoint à sa supérieure de protéger la prof-ex-bichette. La mère du garçon, cheveux courts, beauté blonde épuisée, semblant supporter la vie comme une épreuve, entre dans une diatribe au sujet de son fils innocent, victime de la prof qui l'a molesté en le tenant par le bras. La disproportion des corps devrait plaider pour la prof mais le fils de dix-huit ans est toujours son petit bébé. L'impuissance du corps professoral se sent minuscule et n'a pas de maman pour la défendre.

Là-dessus les parents d'élèves qui sont des mamans d'élèves ont leur mot à dire : elles ont reçu plusieurs coups de fil. Des plaintes. L'effet suspens appuie avec frénésie sur la télécommande avance rapide. Là, ça parle de partout en termes d'accusation, les collègues ont le silence placide de la nécessaire impartialité partiale, la chef le silence jouissif et perplexe de l'ordre à suivre, on entend l'adjointe répéter : « Madame, madame, madame » à la proviseure qui laisse déborder la vague de récriminations. Le faisceau croisé de la parole mensongère porte le doute sur la réalité des faits ; quand il y a plusieurs menteurs, ils disent forcément la vérité.

Elle est coupable, coupable, coupable.

La délinquante agrégée sort du conseil de discipline et rencontre le regard du sapin de Noël, ce crétin ricane grassement à cause du mascara qu'elle va laisser sur sa taie d'oreiller.

Jonathan sera quand même exclu. Ce n'est pas la parole de la prof qui aura gain de cause. Ce sont les témoins et amis du garçon qui obtiennent malgré eux l'exclusion définitive de leur camarade : ils racontent comment en rentrant en classe ils ont applaudi leur pote, comment Jonathan, ce héros, est trop fort, trop fort, trop fort. Pour les tenants de l'ordre, ça passe pas. Traiter la prof de sale pute, bon faut voir, peut-être que c'est pas faux et qu'elle a cherché, on la connaît ; mais s'en vanter et être applaudi pour ça, faut pas déconner.

30.

Jonathan fait appel de la décision du conseil de discipline. Convocation rue Vercingétorix, au rectorat. Rebelote. La prof en chemise blanche dans un recoin de l'accueil se tasse dans ses rondeurs, on ne la voit pas. La mère de Jonathan arrive et s'élance vers la chef, elles s'embrassent et se souhaitent bonne année. C'est chaleureux, on est en janvier 2015. Quand et comment sont-elles devenues amies ?

Petite salle du rectorat. À côté d'elle, la chef et l'adjointe. À sa droite, deux collègues et au centre le directeur-adjoint de l'inspection académique. Visage rectangulaire, sourire dentifrice, lunettes en métal, costard, cravate, bienveillance, froideur, raideur, chaleur, justice. À sa gauche, Jonathan et sa mère. D'emblée, le directeur résume. La responsabilité de la prof est engagée par le biais de témoignages « qui n'ont pas l'air d'avoir été dictés » et qui disent très clairement que la prof a agressé le garçon en l'insultant et que le garçon a juste répliqué.

Ça commence à peine que c'est déjà fini. Elle est coupable.

Malgré tout sa main a écrit un témoignage, sa bouche veut lire les deux pages et demie. Très vite, le directeur lève le bras, le tend vers elle, relève la paume large et rose. *Parle à ma main*, ou plus clairement *ferme ta gueule*, mais il est poli. On rabroue Jonathan. Ça se dit pas, sale pute. Tu as dit sale pute, Jonathan. Sale pute. Non, on le dit pas. Sale, d'accord. Pas pute. On ne met pas les coudes sur la table. Ça ne gêne personne que l'injure vole de-ci de-là, comme un mignonnet papillon, sauf elle qui se sent un peu visée. Sourire-connivence entre le directeur et le prévenu que la prof ne comprend pas, ne peut pas comprendre. Le président de séance copine avec le prévenu, ne l'appelle pas Johnny mais le tutoie, la prof vouvoie les élèves. Mutée depuis son collège ZEP vers un lycée réputé, persuadée que son apparence la disqualifiait, elle avait compensé son âge, ses origines et sa petite taille par le vouvoiement. *Parle à ma main.* Il y a des vouvoiements plus insultants que des tutoiements, madame. L'adjointe et la chef sont muettes. On ne parle pas la bouche pleine. Et le récit rectoral narre la carrière fulgurante et brillante de Jonathan au lycée Jean Zay, carrière explosée en plein vol par la lâche et injurieuse intervention de la prof.

Qui est le scénariste ? Qui a réécrit l'histoire sans lui donner son texte ? Elle joue qui ? Marie-Antoinette ou Danton ? Certaine que la situation la concerne, elle ne voit pas que l'échec de Jonathan, ce n'est pas le sien, c'est celui de l'Éducation nationale qui recrute mal ses profs et ses élèves ; les uns se font taper dessus et les autres ont des mauvaises notes. Elle n'est pas le sujet, l'État français n'a pas de sujets, c'est une démocratie. On la rabroue : de quel droit avez-vous parlé à un élève que vous n'avez pas en classe ? La bouche et les yeux n'ont pas d'arguments pour répondre à ça sur les deux feuilles et demie. La mère sourit, ça se passe bien. Le fils aussi, ça se passe même très bien. Ce jour-là, on caresse les pauvres dans le sens du poil. La gamine du tiers-état a tout fait très bien comme on lui a dit, elle est punie quand même. Sa dignité fout le camp quelque part en Moldavie car elle chiale un truc républicain sur elle ne mérite pas ça, son parcours, *liberté, égalité, fraternité, Allah ou akbar. Parle à ma main.* La décision se profile : c'est trop dangereux pour John de retourner au lycée Jean Zay où des sales putes risquent de le vouvoyer alors qu'elles ne l'ont pas en classe.

La mascarade disciplinaire a pris le parti du garçon pour pouvoir l'exclure. *Alea jacta est*, voire *avaient été jetés*. L'humiliation individuelle purge l'Institution qui s'en lave les mains et abandonne Jonathan et sa mère après avoir singé la consolation paternaliste et rectorale. Jonathan retourne dans les limbes et sa mère ne le sait pas encore. Les lèvres maternelles demandent : et elle ? Elle a rien ? La prof contrite dans son innocence ne comprend pas encore que l'internat et le lycée Jean Zay étaient une seconde chance pour le fils en vrac et la mère démunie.

En sortant, nuque baissée, la prof se voit au volant de sa voiture en Moldavie à la recherche d'un mur bien épais. Elle ne comprend pas que l'Institution allergique au désordre choisit toujours son propre intérêt.

En face du rectorat où l'attendent quelques collègues sauveteurs-pompiers-mèreTeresa-heureusement qu'ilsétaientlà, elle boit bière et larmes et renonce provisoirement à la Moldavie.

Le directeur s'appelle Henri.

31.

Le tiers-état victimisé insiste et tente une dernière fois d'être innocenté. Le nom de l'avocate tranquillement gravé sur une plaque dorée la regarde sans ciller, portail haussmannien et interphone qui ne fonctionnent pas ; il pleut, elle a froid, il faut un recours juridique pour que la vérité soit rendue, que les chaînes de culpabilités institutionnelles soient reconnues. Ça ouvre. Marches en granit noir. Porte immense de l'antre de l'avocate. Elle travaille pour l'Autonome de solidarité, l'association pour la défense des intérêts moraux et matériels des personnels de l'enseignement public et privé laïque. L'association reçoit en moyenne 35 euros par an et par fonctionnaire. Le bureau en bois recouvert d'un cuir vert à liseré doré, les bibelots de souvenirs africains et asiatiques lui déconseillent le dépôt de plainte. La juriste est moche de sa lassitude routinière et puante d'une odeur de tabac froid dans les murs ; les livres montent jusqu'au plafond et la bouche dit non les plaintes, non, se défendre, non, à quoi ça sert, et pour quoi donc, non. La prof raconte, la prof explique, la prof supplie. L'avocate écoute, opine et demi-sourire qui dit ça vaut pas le coup de vous plaindre, tss, tss, ne vous plaignez pas Danton, même si vous jouez Marie-Antoinette. L'Institution ? Non, vous pensez bien. Contre la chef? Le rectorat ? Et comment ça ? Ça se retournera contre vous. Non. Non. Ne portez pas plainte, c'est mieux pour vous. L'avocate mandatée par des forces obscures mais légales la dissuade d'épurer son humiliation, la persuade que porter plainte augmentera au contraire sa déchéance.

Le portail haussmannien fonctionne bien quand on veut sortir, il pleut toujours.

Tout la rend seule, rien ne veut la protéger, les faits adviennent, son corps a mal, les responsabilités sont croisées et qui paie l'addition ? Elle voudrait ne pas ressembler à Calimero.

L'avocate s'appelle Geneviève.

32.

Laurent se présente à la gendarmerie dix jours après avoir donné une gifle à une inconnue qui ne traversait pas sur le passage piétons. Sur le procès-verbal, elle apprend qu'il n'a jamais été condamné et a bien une Peugeot. Il n'est ni sous tutelle ni sous curatelle ou protection de justice. Laurent n'est pas ingénieur ni notable, il est technicien. On lui notifie qu'il est entendu en raison de l'existence d'une ou plusieurs raisons plausibles de soupçonner qu'il a commis ou tenté de commettre la ou les infractions suivantes. Laurent paraphe. Le gendarme donne connaissance de ses droits à Laurent : droit de quitter les locaux à tout moment. Il paraphe. Droit de répondre aux questions ou de se taire. Il paraphe. Droit d'être assisté par un avocat. Il paraphe. Droit de bénéficier de conseils juridiques. Il paraphe.

On l'auditionne. Il raconte.

« Une personne est apparue cachée derrière le bus et a traversé le rond-point en diagonale en direction de l'entrée du lycée, sans utiliser les passages piétons. J'ai donc été surpris de cette personne apparaissant derrière le bus, j'ai donc klaxonné pour avertir cette personne de ma présence et d'un éventuel danger. Cette personne a continué à traverser calmement en marchant en me faisant un doigt d'honneur. J'ai donc décidé de m'arrêter, j'ai stationné mon véhicule et me suis dirigé en direction de cette personne. Je lui ai donc demandé de bien vouloir répéter le geste que cette personne venait de me faire. Elle l'a refait volontiers avec un sourire ironique et très provocateur. J'ai perdu le contrôle et dans l'irritation je lui ai passé une gifle. Heureusement, j'ai vu que cette personne portait des lunettes et j'ai essayé de retenir mon geste et frappé le plus bas possible du visage, évitant la joue et frappant seulement du bout des doigts le menton. Cette personne a commencé à parler, elle a demandé à des collègues de son école de noter la plaque de ma voiture et c'est seulement à ce moment en écoutant sa voix que je me suis rendu compte que c'était une fille car il faisait nuit. J'ai donc regretté mon geste, je suis remonté dans ma voiture et suis parti en direction de mon travail. Pour information, je prends des médicaments pour la tension et Nicopatch pour arrêter de fumer depuis le 8 janvier 2018. Ces médicaments n'ont pas eu le temps de faire leur effet avant que j'arrive sur les lieux. »

Suit alors l'interrogatoire.

« Petite ou grande gifle ? Petite car j'ai retenu ma main. Des témoins nous ont dit que vous avez pris de l'élan avec votre bras, est-ce vrai ? On prend toujours de l'élan pour mettre une gifle. Saviez-vous que vous étiez devant un lycée ? Oui. Si vous aviez su que la victime était une femme, l'auriez-vous quand même frappée ? Ben non. Pensez-vous que de recevoir un doigt d'honneur mérite de frapper quelqu'un ? C'est pas un, c'est plusieurs agressions au même moment. Elle m'a provoqué plusieurs fois, c'est deux doigts d'honneur et plusieurs provocations. Pensez-vous que plusieurs provocations méritent de frapper quelqu'un ? Non, le geste est parti involontairement sur le coup de l'énervement. J'aurais dû lui faire la morale plutôt que de la frapper, je sais j'ai fait une bêtise. Est-ce que ce sont vos premiers faits de violence ? Oui. Reconnaissez-vous les faits de violence commis devant le lycée Jean Zay le 16/01/2018 ? Oui. Avez-vous autre chose à rajouter ? Non, je pense que cette situation est arrivée suite à mon traitement qui n'a pas fonctionné, j'étais stressé et je n'ai jamais eu d'antécédent de ce type. »

Il paraphe.

Le 2 février, il retourne à la gendarmerie pour procéder au prélèvement de cellules buccales aux fins d'alimentation du fichier national automatisé des empreintes génétiques. Il est suspect et les indices sont graves et concordants. Le gendarme s'appelle toujours Julien.

33.

Onze ans plus tôt, on accuse Django de *violences volontaires aggravées.*

À la gendarmerie de Thiers, on accuse le bastonneur Laurent de violences volontaires, mais *pas aggravées.*

Pourtant, taper, c'est taper, non ?

Le paisible gendarme de Thiers lui explique. Avant les conclusions de la médecine légale, frapper quelqu'un c'est une infraction, un bastonneur doit payer une amende à l'État.

Elle comprend, la prof frappée garde le souvenir, l'État prend l'argent.

Le calme gendarme complète. Si la médecine légale établit des ITT, c'est-à-dire une Incapacité de Travail Temporaire, ça passe d'infraction à délit.

Elle a saisi, la prof baffée avec ITT peut réclamer des dommages et intérêts et l'État prend sa part d'amende quand même.

Le gendarme conclut : pour l'ITT c'est le médecin légiste qui décide ; pour la gravité, c'est le procureur de la République. Qui plus est, ça dépend de la récidive, c'est plus grave si ce n'est pas la première fois qu'un bastonneur bastonne, vous avez compris ?

Parfaitement. Le bastonneur de Thiers n'a jamais été condamné ; la bastonnée de Clermont a souvent été battue ; si on la tape, ce n'est pas à elle de dire si c'est violent, si c'est grave ou si c'est douloureux ; primo-délinquant versus multi-traumatisée égale match nul. Elle a pris les coups, le légiste les ressent, le procureur les juge, l'État encaisse une partie de l'argent.

Cet arrangement ne lui convient pas. Son corps douloureux et honteux refuse l'équation injuste de la procédure qui la dépossède des faits ressentis, sa peine enfle et trouble son sommeil.

Vous étiez au mauvais endroit au mauvais moment.

Julien,
gendarme à Thiers.

34.

En février 2018, c'est son anniversaire. Dans cinq ans, elle a cinquante ans, ça se fête entre femmes. La puissance atavique du gynécée de ses rêves est réunie dans son salon. En mangeant, en riant, on en parle. Un doigt d'honneur, deux doigts d'honneur, une fille, un gars, une baffe, l'hôtesse conteuse lance le nom et le prénom du bastonneur Laurent. Djamila sursaute. Laurent quoi ? Nom de famille. La prof agressée dit « mon agresseur ». Le possessif est une surprise parce que Djamila opine que c'est aussi le sien. L'homme l'a contactée via Facebook et n'a cessé de lui envoyer des propositions sexuelles parce qu'ils se connaissent depuis le lycée. Djamila a éconduit le monsieur plusieurs fois et quand elle a explicitement exprimé son refus, il a transformé ses invitations amoureuses en menaces.

T'as porté plainte ? Non. Djamila n'a pas pu porter plainte, la militante féministe rougit, elle a pourtant essayé un lundi.

Mal à l'aise à cause de la violence des messages, elle avait décidé d'aller au commissariat central, on lui avait demandé des preuves, son imprimante HP Deskjet 3633 n'avait plus d'encre. Au commissariat, une policière lui conseille le tribunal. Au tribunal, on lui conseille d'écrire une lettre au procureur ; pour l'aider on lui suggère l'association AVEC qui œuvre pour les femmes victimes de violence. Djamila connaît le numéro par cœur, elle le donne plusieurs fois par mois. La féministe avait parcouru tout ce chemin pour arriver à un conseil qu'elle aurait pu se donner. Fatiguée, déjà 13 heures, l'heure d'aller au boulot ; froid, faim, sommeil, malaise, elle avait rangé son dossier, s'était dit on verra ça plus tard. Plus tard n'était jamais venu. La militante présente des excuses à son amie la prof. Mais non, t'excuse pas, tu ne pouvais pas savoir. La semaine suivante, Djamila déposera une main courante.

Ce 22 février, elle lui a offert une nuisette, excellente idée de cadeau féminin, la femme de quarante-cinq ans l'enfile et exécute une petite danse de la joie devant le sérail heureux.

On rit, c'est un délice.

Un mois après, le bastonneur Laurent, né en 1968, a été retenu coupable d'une contravention pour violences volontaires. Il lui est proposé une composition pénale qui consiste en l'exécution des mesures suivantes : verser une amende de composition à l'État d'un montant de 350 euros payable pour le 9 juillet 2018 et réparer les dommages causés par l'infraction. Par ailleurs, le mis en cause versera [à la victime] la somme de 600 euros par chèque libellé à l'ordre de la CARPAC. Ce chèque sera remis au Greffe des Délégués pour le 11 juin 2018.

Mettre une gifle à une femme inconnue devant un lycée thiernois coûte au total 950 euros. TTC.

35.

Elle croise Paul, un collègue, sur le plateau technique du lycée ; un peu gêné, l'homme veut savoir ce qui s'est passé. Paul veut que la violence soit une histoire, les causes échappent, les conséquences on a bien vu, mais quand même, il ne comprend pas. Elle raconte. En lui tendant un bout de chocolat pour accompagner le café, il la regarde comme une bête sacrifiée, comme le taureau de la corrida qui confond le danger avec un stupide chiffon rouge. Pour Paul, elle est con comme un taureau.

Dans *La Montagne*, elle apprend que Jonathan et trois comparses sont condamnés entre neuf mois et trois ans de prison ferme. Cons comme des taureaux. En 2016, le soir d'anniversaire de l'armistice de la Première Guerre mondiale, à bord d'une Clio rouge, Jonathan apostrophe un gars qu'il a dépanné de 300 euros et d'un peu de cannabis depuis plus d'un an. Il veut qu'on le rembourse. C'est lui qui a l'idée, témoigne-t-il. L'idée est d'inviter le gars à monter dans la voiture pour l'emmener quelque part et discuter un peu. Ils vont au hangar, un haras désaffecté.

Le jeune homme est attaché par les pieds et les mains à un poteau. Gifles, coups, insultes. Jonathan a la preuve, il a tout filmé. Au prétoire il en rit. Ensuite le gars est bâillonné, les yeux bandés et mis dans le coffre parce que le propriétaire de la voiture trouve que le gars pue et il ne veut pas salir les sièges de sa bagnole. Ils amènent l'endetté au bord d'un étang et le jettent à l'eau ou le laissent marcher jusqu'à ce qu'il tombe à l'eau. Quand il veut en sortir, on le repousse. Jonathan explique qu'il voulait juste récupérer son argent. « Si on avait voulu aller plus loin, les faits auraient été plus graves. » Jonathan n'a pas de regret, il assume. Jonathan a toujours ses raisons, de bonnes raisons.

Le procureur parle d'*Orange mécanique*. L'avocat de la défense évoque des sévices similaires subis par le prévenu quand il était enfant ; une affaire en cours, il s'avère que son ancien beau-père est un homme violent, Jonathan en garderait des dommages psychiatriques.

Récidiviste en matière d'agression, il est condamné à trois ans de prison ferme auquel s'ajoute la révocation d'un précédent sursis. Sur son profil Facebook inactif depuis le mois de son arrestation, une femme de dos marche sur un ponton dans une lumière chaude de crépuscule, elle est nue. Le post qui précède montre encore une femme, vêtue d'un seul string, ployée en avant par une autre qui la maintient par les cheveux, l'autre main posée sur la fesse gauche. Facebook indique qu'il a 1 532 amis.

— Faut faire attention aux réseaux sociaux parce que certains photographient leur zigounette.

— Si l'élève a un portable à la main, c'est la porte ouverte à tout.

— Quelqu'un a reçu les documents au sujet du projet sur la motivation ?

— J'ai arrêté de croire en l'idée même de motivation. Je me suis dit, sois le moins chiant possible avec les élèves.

— Ça marche ?

— Tiens regarde, y a Robin Williams aussi, qui a fait un doigt d'honneur devant 80 millions de personnes.

— Si chaque personne avait dû lui mettre une baffe, il serait en compote, le type.

— Ou en poudre.

— Ouais, c'est ça en poudre. Quelqu'un a vu les livrets des premières STL ?

36.

Dix minutes qu'elle essaie de changer la housse de couette de son lit king size. La housse ne se défait pas, ça l'agace, elle la jette au sol, s'assoit sur le matelas, croise le regard du puy de Dôme.

C'est un mensonge, la violence n'est pas née du néant. Elle a toujours été là.

Comme dix millions de personnes dans le monde, elle est spectatrice de la série *Esprits criminels*. Jusqu'à une heure du matin, elle regarde des hommes dépecer des femmes, des riches dealer des SDF en morceaux, des femmes énucléant des hommes, des Noirs réalisant des rites vaudous pour ressusciter leur mère. Chaque épisode commence par une citation, le générique lui file d'emblée la langueur molle du canapé, elle s'y enfonce pour ne penser à rien. *Esprits criminels* raconte que la violence vient de personnes rares mais nombreuses : treize saisons de vingt à vingt-six épisodes, soit entre 260 et

338 assassins. Les tueurs en série la rassurent autant que les *profilers*. Ils déplient leur cruauté sans surprise et leurs meurtres méthodiques autour de l'amour qui manque : chaque assassin a été mal aimé et se met à tuer à cause d'une injustice.

La mécanique répétitive de chaque épisode l'apaise, la concerne. La violence est cohérente dans l'expression de sa force, c'est sa beauté fatale.

Son personnage préféré c'est le docteur Spencer, sa mère est en hôpital psychiatrique, il a un QI de 187, il a été humilié dans son enfance, aime la littérature du XVe siècle et explique que le tueur en série a été un bébé un jour, un bébé dont la première respiration a été brutale, un bébé sur lequel on a projeté une perfection impossible de non-violence ; le bébé grandit dans la toute-puissance de la peur de mal agir.

La logique l'apaise, la concerne. La violence est originelle, les vulnérables apprennent à la confondre avec la sécurité.

Le bébé, futur tueur en série mange de la purée et de la compote ; il doit être à la hauteur de la brutalité qu'est la vie pour exister. À la crèche, il y a les autres bébés, ceux qui vont être dépecés ; ils mangent de la compote et de la purée eux aussi. Pour l'instant leur peau sent le liniment et le lait séché, bientôt, ils auront le pouvoir sur le tueur. Le meurtrier devient meurtrier par leur mort, l'odeur de leur urine de trouille et de sang frais. Le tueur a besoin des victimes, il dépend d'elles. La violence est un totem. Être victime, c'est avoir de la valeur pour le criminel.

Seule, recroquevillée dans son canapé, elle voudrait que le docteur Spencer soit son ami pour parler un peu de tout ça, qu'il lui donne son avis parce qu'au cours de la sixième saison, il a peur d'être fou et de devenir un sérial killer.

Elle aussi. Comme les tueurs en série, elle a manqué d'amour, vécu des injustices, s'est habituée à la violence logique et prédictive de ses parents ; comme le profiler Spencer, elle aime la littérature du XVIe siècle et ses parents. Porteuse d'un esprit criminel, elle a appris à aimer la valeur qu'on lui donne en la frappant.

Elle se lève, étale de nouveau la couette, puis réussit à la glisser méthodiquement dans sa housse. Quand elle enfile les taies d'oreiller, elle croise le regard apeuré du puy de Dôme.

37.

Sept mois après le doigt d'honneur, la veille de la rentrée, divorcée et dans son lit, elle rembobine toujours, cherche une issue au récit, la fin de l'histoire. Pour que la peur s'arrête, que la joie revienne totale et véritable. Le puy de Dôme observe les petites mains tendues, observe les doigts fins ; deux tout petits doigts d'honneur de sept centimètres et demi chacun, une grosse baffe de 25 cm au moins, le volcan soupire.

Ça lui passe pas.

Au matin, elle échange un regard éberlué avec la façade du lycée, l'immense bâtiment Art déco reluque sa robe *Quatre mariages et un enterrement*, sa peau caramel, ses lunettes de soleil et son large chapeau. Il faut passer la porte pour en finir avec la peur de la rentrée, le hall est bondé, un goulot, dix secondes pour que la crise de panique soit là. Bonjour oui bonjour oui non pas la bise trop de monde. T'as bronzé. Oui c'est le soleil. C'est pas juste. Oui désolée. Elle pense désolée de ton absence de passé colonial, mais pas le temps, exfiltration en cours, un collègue la chope par le bras. La bise ? Non désolée. Il la maintient. La bise, allez, la seule de l'année. Non. (la diagonale). Non, je ne peux pas embrasser tout le monde y en a trop. Allez, juste nous. Il ne la lâchera pas sans rançon. Alerte rouge. Putain, me recevez-vous Houston ? Non ? Soumission ; elle fait la bise à lui + trois autres, prend la diagonale en trombe. Salle des casiers, enfin le silence. Accroupie dans un angle de la pièce, elle attend que ça passe, ça ne passe pas. Faut sortir pour la réunion de rentrée. Le chef d'établissement la salue, lui sourit ; les vacances d'été ont effacé sa rancune, l'homme est un brave type, le passé c'est le passé, il veut la paix ; sentinelle en mission de sauvetage, elle ne peut pas ; toute son énergie passe à dissimuler sa peur.

À ce moment-là, elle voudrait un attentat ciblé qui fasse diversion. Un truc sanglant qui ne tue personne sauf la sentinelle. La salle de conférence immense de plafond lui redonne une respiration mais la foule de profs et d'agents assis échines courbées lui noue une corde de soumission renégate dans le ventre.

Faut que ça lui passe.

Un mois après la rentrée, elle décide de téléphoner au bastonneur.

38.

Son numéro est sur le procès-verbal. Il n'a pas répondu. Il l'a rappelée ou plutôt son numéro, il ne sait pas que c'est elle. Elle lui dit : je suis celle que vous avez frappée. Djamila ? Non, presque. Il a oublié son nom mais ne s'étonne pas de l'avoir au bout du fil. Il répond docilement comme s'il se tenait dans sa salle de classe les mains dans le dos pour réciter une fable de La Fontaine.

— Déjà, à l'époque, j'étais en train d'arrêter de fumer. Quelqu'un traverse. La personne est en erreur. Je suis sorti de mes gonds. Quand je vous demande de répéter le geste, vous avez répété le geste. Excusez-moi, j'ai mal réagi. J'ai payé. À chaque fois que je passe devant le lycée, j'y repense. J'aurais jamais dû. J'y passe quatre fois par jour. Quand j'ai su que c'était une prof, en plus. En plus de français. C'est pas bien l'exemple qu'elle donne de faire des doigts d'honneur aux gens qu'elle connaît pas. J'ai eu de la chance. C'était pas une mineure. Sinon j'aurais morflé.

— Excusez-moi mais devant le lycée, vous pensiez que j'étais qui ?

— Une élève.

— Mais vous avez dit que vous ne saviez pas que j'étais une fille. J'étais habillée en fille.

— Oui, mais les adolescents de nos jours s'habillent pareil. Il faisait nuit en plus.

— Oui, il faisait nuit justement. Pourquoi m'avoir frappée ?

— Il y a eu des provocations, c'était une erreur, j'aurais pas dû. En même temps, faut assumer les conséquences de son geste. Je ne ferai jamais ce geste.

— Excusez-moi, monsieur, mais je ne comprends pas.

— Ben en faisant ce geste vous êtes en faute. À une provocation, il y a une réaction. J'ai fait une erreur, vous aussi. En plus vous avez payé plus d'avocat que moi d'amende.

— Je ne comprends pas. Je n'aurais pas dû porter plainte ?

— C'est vous qui avez provoqué la situation. J'ai fait une erreur.

— Comment avez-vous vécu cette période ?

— C'était pénible. J'ai mal dormi. J'avais peur d'aller en prison.

— En prison ?

— Si vous aviez été une élève, je risquais gros. J'étais mal pendant un long moment. Je me suis renseigné au lycée et j'ai su que vous étiez prof de français, ça m'a soulagé. J'y repense quatre fois par jour.

— Pourquoi vous y repensez ?

— Je fais attention, si quelqu'un me refait un doigt d'honneur, je descendrai lui faire la morale. J'ai cinquante ans, j'ai jamais eu de problèmes. J'ai mes soucis persos. Je suis marié depuis peu avec une Brésilienne, j'ai une ado de quinze ans et un petit. On est quatre à la maison avec un seul salaire. Je prends des médicaments pour la tension.

— Vous m'avez fait peur en klaxonnant. J'étais dans mes pensées. Au moment où je traverse, il n'y a personne, il pleut et je ne marche pas sur le revêtement boueux. Je n'ai pas bien dormi. Je suis fatiguée. Quand vous klaxonnez, j'ai peur.

— C'était le but, c'était intentionnel. Je voulais vous montrer que vous preniez des risques.

— Pour me donner une leçon ?

— C'est ça. Vous dites qu'il pleuvait, imaginez, je dérape. Écoutez, je vais vous dire quelque chose : mon père s'est fait faucher à cinquante ans par une voiture au bord de la route.

— Vous vouliez me sauver ?

— Oui, sauf que la prochaine fois, je frapperai pas la personne.

— Vous auriez frappé si j'avais été clairement un homme et si j'avais été plus imposante physiquement ? Vous avez vu que j'étais petite et pas bien épaisse ?

— Ben, non. Je vous aurais fait la morale. Je me suis dit, si ses parents ne l'éduquent pas, il faut que je le fasse. Mais pour une prof, on aurait dû faire quelque chose.

— Comment ça ?

— J'avais espéré obtenir du directeur... un professeur n'a pas à faire des doigts d'honneur. Vous auriez dû avoir une mise à pied.

— Ah. J'ai mis presque quarante jours à m'en remettre, j'ai fait des crises de panique, j'ai eu des acouphènes et une hyperacousie de l'oreille gauche. Ça vous va ?

— Je savais pas.

— Quand on reçoit un coup, ça laisse un peu des traces.

— J'ai vécu dix ans au Brésil en bas des favelas. Quand les voitures passent, les passagers ont des armes plus grosses que celle des policiers. Au Brésil, si vous aviez fait un doigt d'honneur, vous auriez pris un coup de mitraillette. Quand on agresse avec un geste, là-bas, on prend une balle.

— C'est ce que je mérite ?

— Moi, au Brésil, j'aurais jamais fait un doigt d'honneur.

— En France, si ?

— J'en n'ai jamais fait sauf pour rigoler. On provoque pas les gens.

— Monsieur, vous vous souvenez que je finis de traverser, que vous êtes derrière moi, je ne vous vois pas, je réagis parce que j'ai peur. Vous n'existez pas pour moi. J'existe pour vous, parce que vous me voyez. Quand vous sortez de la voiture, je ne sais pas ce que vous voulez, et si vous avez vécu dans la peur, vous savez qu'il ne faut pas la montrer. Si vous ne vouliez pas que je recommence le geste, pourquoi le demander ?

— Moi aussi, j'ai été surpris, avec le bus. Je ne vous ai pas vue.

— C'est étonnant parce qu'il n'y a pas de bus sur les caméras de surveillance.

— Les caméras de surveillance ?

— Oui, tout a été filmé.

— Je voulais vous transmettre ma peur.

— Je comprends.

— Moi, je reste toujours à ma place pour ne pas provoquer de situation.

— Je comprends. Vous voulez ajouter quelque chose, ou me poser une question ?

— Non.

— Merci, je crois, monsieur, que nous avons tous les deux réagi comme on a pu. Peut-être que les proportions ne sont pas les bonnes. On ne frappe pas, même avec cinquante mille doigts d'honneur. Je vais vous dire, si c'était à refaire, je referais pareil, parce que je crois que la situation était telle que je ne pouvais pas réagir autrement. Donc vous n'avez pas à vous sentir coupable quatre fois par jour.

— Faudra pas vous étonner.

— De quoi ?

— Si vous arrive des trucs.

— Je sais.

39.

Enfermée en B002, allongée sur les tables du fond, elle se cache. Elle a mis des boules Quies, ferme les yeux, réfléchis, essaie de ne pas se laisser écraser par le temps de midi qui ne passe pas. Ce mardi de janvier à 7h30, Laurent voulait lui transmettre sa peur, le souvenir de sa peine et de sa colère de fils orphelin, une leçon de morale, son manque de nicotine, la violence de la mort de son père qui marchait sur la route, son salaire trop bas pour quatre, sa fatigue, ses quatre trajets par jour, la désobéissance qui règne autour de lui, le souvenir des armes des favelas, les formalités administratives pour l'épouse brésilienne, la frustration de son enrôlement salarial. Tout était dans son camp, il fallait qu'il s'allège : de la main il klaxonne et du pied il accélère. Il a cherché la confrontation, il a désiré donner une leçon de conduite morale. À l'abri dans sa voiture, la brusquerie du klaxon n'a pas été suffisante ; il s'est arrêté pour lui faire peur, cela n'a pas été suffisant ; il l'a menacée, l'a défiée, cela n'a pas été suffisant ; il avait besoin qu'elle se soumette, il a été obligé de la frapper.

Il ment quatre fois : pas de bus, pas de sourire ironique, pas de gifle retenue, il savait qu'elle était une fille. Il invente l'imminence du danger, pas le danger, il invente l'ironie, pas le sourire, il invente la retenue, pas la gifle, il invente l'androgynie pas l'infériorité physique.

Il a peur de la réalité de la violence.
Comme elle.

Il veut donner des leçons au réel, le travestir en le dominant par la force. Comme il est certain de gagner, il devient méthodiquement violent. Certaine de perdre, sa main et ses doigts n'ont pas hésité.
Il est logique, elle est insensée.

Les tables sont dures, elle a mis sa veste sous sa tête, plie les jambes, position fœtale, et remonte son imper sur ses épaules.

Désirer la violence pour en finir avec la peur.

Le coup met fin à la peur. La gifle clôt l'événement car ce n'est pas l'événement. Qu'est-ce qu'il y a au-delà de la peur ?
Laurent a raison, elle a demandé le coup.

Elle avait détesté ce que lui avait expliqué le gendarme pour la rassurer ; toutes les victimes se débrouillent-elles toujours pour être au mauvais endroit au mauvais moment ?

Non, le second doigt d'honneur n'est pas un hasard, il était au bon endroit au bon moment, elle allait travailler. Le second doigt d'honneur lui apparaît comme celui qui la relie à la fatalité de ce qui doit arriver. Pour l'Ève minuscule, créature aimée de la vie, ce jour-là, à cet endroit-là, le geste était nécessaire, c'était la volonté fatale de son corps, de son humeur. Pourquoi ?

Elle ouvre les yeux et fixe l'armoire entrouverte, elle ne comprend plus rien à la matière de son histoire qui s'émiette en hypothèses diffuses.

Django ne l'a pas frappée, elle l'a empêché de frapper le Chinois et de quel droit ? Jonathan ne l'a pas insultée, elle l'a rabaissé en le dévirilisant et de quel droit ? Laurent ne l'a pas giflée, avec ses doigts d'honneur, elle l'a transformé en bête et de quel droit ? Pour être fière de réchapper à un danger qu'elle a fait surgir ? Elle a raté trois rencontres. Eux aussi l'ont ratée. Elle n'a rien pu faire contre Django, elle s'est crue plus forte que Jonathan. Laurent a payé pour tous.

Après avoir quitté son HLM, elle a toujours cherché la bagarre, pour honorer ses origines barbaresques, être dans le camp des loups, pour liquider son corps battu et obtenir un corps battant ; pour appartenir à la race des Seigneurs, l'aristocratie des survivantes, celle des dominantes, comme sa mère. Penser ne lui sert à rien, une bête agit pour elle, la bête n'accepte pas les compromis qui la garderaient en sécurité. Elle frôle les seuils comme le chien de la maison à l'angle de l'avenue Charcot ; le clebs tire sur sa laisse et aboie pour donner l'illusion qu'il pourrait mordre.

Voilà une des raisons pour lesquelles elle est toujours en état chimique de se faire casser la gueule.

40.

— Il paraît que Caligula tendait son majeur et le faisait baiser par les sénateurs.

— C'est excitant.

— Henri Emmanuelli a fait un doigt d'honneur à l'Assemblée nationale. Quand il est mort on a dit que c'était un homme droit, qu'il exprimait ses convictions avec fermeté parfois avec rudesse, toujours avec sincérité, il avait une grande exigence de justice et d'égalité. Il s'exprimait avec liberté mais toujours en fidélité à sa famille politique.

— A qui il l'a fait, le doigt ?

— Fillon.

— Mamère aussi.

— Ta mère ?

— Noël Mamère.

— A qui ?

— Sa mère.

— Non, allez.

— Benoît Hamon aussi. Éric Besson aussi. Et Sarkozy.

— Y a un retraité qui a fait un doigt d'honneur à Macron, ils l'ont interpellé. Il a eu un rappel à la loi.

— Faut dire que la politique de Macron la leur met profond aux retraités et un peu à tous aussi.

— Sauf quand il pose, chemise blanche humide tout sourire avec des Noirs torse nu qui font des doigts.

— À qui ?

— À la caméra, à leurs potes du quartier.

— Ou au président.

— Voire à la France.

— Je crois juste qu'ils font ça parce que faut pas les prendre pour des cons non plus.

— Comment ça ?

— Ben ça veut dire quoi, venir leur rendre une visite érotique dans leur misère pour leur donner des leçons de civilisation alors que t'as l'ouragan et le chômage qu'ont tout pété.

— Sur Amazon tu peux acheter un mug avec un doigt d'honneur dedans.

— Ça coûte combien ?

— Maradona aussi.

— Il a fait quoi Maradona ?

— Un doigt d'honneur.

— Merde, merde, vraiment vous n'en sortez pas de cette histoire. Y a la famine dans le monde, la guerre en Syrie, des terroristes qui menacent la République et nous là, à Thiers on est là avec ce doigt.

— C'est logique.

— Comment ça, c'est logique ?
— Ben à Thiers, y a ni famine, ni guerre, ni terrorisme.
— Ça s'est passé comment l'exercice en cas d'intrusion extérieure ?
— Va te cacher avec 37 STI en DOO4.
— Trente-sept élèves, ça passe pas dans une salle.
— Oui mais ils sont trente-sept en seconde 2.
— Ça passe pas.
— Surtout que ça pue les pieds et les dessous de bras.
— La commission de sécurité passe jeudi.

Faudrait que j'organise une journée de la ZUP.

Florence,
humoriste costumée en Lady Zbouba,
Arabe de banlieue.

Avec toute ma confiance.

Jean-Michel,
ministre de l'Éducation nationale française.

41.

L'année de sa raclée gitane, elle obtient sa mutation pour quitter le collège Albert Camus, le collège ZEP où il y a ses meilleures amies, ses plus belles expériences de professeure.

Pour fêter la nouvelle de son départ, elle arbore un déguisement différent chaque semaine, son état chimique choisit injustement la joie extrême ; avec un boa à plumes et une perruque de fils argentés type *crazy horse*, la mutée chante dans les couloirs, balance ses bras comme le gagnant dans la publicité du Loto. « *Au revoir, au revoir président, au revoir, au revoir, au revoir, au revoir, au revoir, au revoir président.* » Julie l'aperçoit depuis la cour et rit. Margot la croise dans le couloir et rit. L'extrémiste s'habille en Zorro avec masque, cape, et épée. Une autre fois, l'ultra-joyeuse déboule dans une salle de classe et avec une élève complice du club théâtre, elles arpentent les travées en demandant : « Z'avez pas vu Mirza ? » Encore, vêtue d'une djellabah noire, un turban bleu type Ouarzazate noué sur la tête, arrive Zoubida princesse du désert, mains sur les hanches, plantée devant les profs, les élèves, tout le monde, elle clame avec l'accent : « Bonjour, hé, je suis Zoubida princesse du désert, tu me dis le mot, je te dis le proverbe, allez, allez, allez, dis-moi, dis-moi le mot. » Le quidam lui donne un mot et Zoubida improvise un proverbe dans une répartie puisée dans sa folie à déborder de partout, à déborder tout le monde. La prof déchaînée enchaîne les performances d'un théâtre de rue sans dignité. Son terrorisme festif l'amène à chanter dans le micro de l'accueil, ça résonne dans tout le collège.

La chef, désespérant de la rallier à l'ordre, multiplie les paroles autoritaires. En vain. Cela exacerbe le désir farouche de Zoubida à dépasser les limites, à écraser l'Institution de sa joie imprévisible et primitive, elle devient expressément et exhaustivement sauvage, se venge d'on ne sait quoi, son arrogance bête prend de la hauteur, de l'aisance, elle effraie la chef, déclenche les rires de certains collègues, agace tous les autres. Ses sœurs adoptives Margot et Julie la soutiennent, il faut que ce soit drôle, pourtant elle les quitte ; ce sera irréversible.

Elle ne se rend compte de rien, croit à son devoir, croit défendre une cause, celle des profs opposées à la chef, celle des vivants contre les morts, ne se doute pas que beaucoup seront soulagés de son départ.

Elle mériterait une hospitalisation pour hystérie mythomane à tendance mégalo mais personne n'appelle le Samu.

Indifférente au réel, l'imbécile bédouine auvergnate ne donne pas droit au chagrin, privée d'amour-propre, elle n'a d'autre choix que le ridicule extrême.

42.

— T'as vu elle est revenue de son arrêt maladie.

— Ah bon ? J'ai pas vu sa voiture.

— Il paraît qu'elle n'arrive plus à se garer au même endroit.

— Traumatisme.

— Mouais.

— Ça fait quand même trois fois.

— Trois fois ?

— Ben quand elle était dans un collège ZEP à Clermont, une histoire avec un Gitan, y a eu le gamin de BTS qui l'a traitée de pute et maintenant la baffe du doigt d'honneur.

— Ah oui.

— Sans compter ses embrouilles avec l'ancienne chef et le nouveau.

— Soit elle a la poisse, soit c'est elle la poisse.

— Au moins, elle chante plus dans les couloirs.

— C'était sympa.

— Moi ça m'énervait.

— Ah bon, pourquoi ?

— J'aime pas qu'on me force à être de bonne humeur. Déjà que j'aime pas qu'on me force à être là.

— Tu charries, c'était sympa, ça faisait de la gaieté.

— Non c'était pas sympa, on force pas à la joie, c'est de la violence. Un SDF qui me demande un sourire place de Jaude, j'ai envie de le taper.

— Ça va, toi on t'a pas forcée à tout quitter pour la banlieue parisienne à vingt-deux ans. Ça, c'est de la violence.

— Un collège ZEP en Auvergne, c'est pas non plus le Bronx. Faudrait essayer de pas exagérer, hein. C'est pas le 9.3. ou le 6.9.

— C'est le 6.3.

43.

— Au fond, y a rien de vrai là-dedans.

— Là-dedans où ?

— Ben c'est l'école, c'est pas exactement la vraie vie.

— Ma première idée c'est de réduire les inégalités par l'évaluation.

— Hein ?

— Imagine, tu inventes des contrôles où t'adaptes tout.

— Tu mets une bonne note à tout le monde ?

— Non, c'est pas ça. Imagine que je fabrique des contrôles adaptés pour tous, selon ce qu'ils ont appris, tu vois ?

— Non.

— J'envisage d'évaluer depuis l'élève, pas depuis mon cours, du coup, au niveau des inégalités, je réduis.

— Et concrètement, ça donne quoi ?

— Ben, c'est pour ça que je voulais en parler avec toi. J'ai l'idée, mais à mettre en place, ça coince un peu.

— Et si t'arrêtais les notes ?

— Comment ça ?

— Il faudrait toujours pouvoir apprendre par envie.

— Par envie ?

— Le désir, tu vois, Éros.

— Tu veux dire comme Karine et ses jupes courtes ? Faire envie ? Donner envie aux élèves et aux étudiants ?

— Et pourquoi pas, tiens ? Même dans les comptines de gamin, ils veulent voir la maîtresse en maillot de bain.

— C'est n'importe quoi, t'es complètement dingue.

— J'ai demandé à mes BTS ce qu'ils pensent de *MeToo* et là, ils ont parlé tous en même temps, c'est une folie.

— Une classe de gars, t'es une femme, fallait t'y attendre.

— C'est exactement ce qu'ils m'ont dit.

— Et donc ?

— Pour eux, tu vois, les filles qui boivent et qui se droguent et qui vont avec des gars, elles les chauffent et c'est une agression.

— La frustration est une agression ?

— Écoute, pour eux, il ne faut pas que les filles restent avec des garçons parce que c'est dangereux.

— Ben c'est pas ce que disent les féministes ? Ils sont féministes sans le savoir, les gars.

— C'est ça que je veux te dire : le merdier c'est qu'ils pensent qu'ils appartiennent à une race de prédateurs dangereux, que c'est leur nature.

— Nous les hommes, quoi.

— J'ai eu de la peine.

— Pourquoi ça ?

— Après avoir soutenu que c'était la fille qui était responsable de se trouver alcoolisée avec des gars qui pouvaient lui faire du mal, ils m'ont dit que si ça arrivait devant eux ils casseraient la gueule au type qui essaierait de brutaliser la fille.

— Ben tu vois, c'est pas des bourrins.

— Non, c'est pas des bourrins, ils m'ont dit que c'était pas facile d'être un garçon avec les filles.

— Alcoolisée ou pas ?

— Les deux.

— T'imagines si on était noté sur l'envie qu'on donne d'apprendre.

— J'arrête la barbe et le pantalon et je mets les jupes de Karine.

— C'est sexiste, ça.

— Faut savoir, Éros et le maillot de bain alors, c'est pas sexiste ?

Elle s'affale sur un fauteuil vert-moche en salle des profs. Il n'y a personne. Tous les meubles sont dépareillés. Il y a des chaises en métal pénibles qui filent les collants fins et les robes en soie. Le portemanteau a l'air débile avec les mêmes écharpes accrochées là depuis au moins deux ans. Une punaise qui maintenait le poster d'une femme nue de Modigliani s'est décrochée, le coin plié l'attriste.

Elle n'en peut plus ; elle est trop. Il lui en arrive trop. Django. Mettons.

Jonathan. Déjà compliqué.
La chef N° 1. Soit.
La N° 2. OK.
Et le numéro 3 ? No comment.
Puis Laurent. Un doigt. Supposons.
Deux. Non.
C'est trop.

La salle des profs du lycée Jean Zay est vraiment laide.

44.

Ça la vexe.
Elle relit plusieurs fois l'avis de notation.
Avis du chef d'établissement : *Satisfaisant.*
Avis de l'inspecteur : *Satisfaisant.*
Avis du recteur : *Satisfaisant.*

Les superlatifs et les mélioratifs du Panthéon de sa carrière d'agrégée arabo-berbère ont disparu, elle est devenue *satisfaisante* grâce à la nouvelle manière d'évaluer les personnels de l'Éducation nationale. Unanimité passable du fonctionnaire. On ne la reconnaît plus. Ça la chagrine, ça l'agace ; elle perd vingt-quatre heures d'irritation puis respire ; elle peut baisser la garde, son devoir est accompli. Elle est imparfaite et peut le demeurer.

Ça la soulage.

Joyeuse, elle démissionne de tous les projets, de toutes les actions culturelles et artistiques qu'elle avait érigées en devoir, en nécessité malgré les heures de bénévolat.

C'est terminé, elle s'accorde le droit d'être *satisfaisante,* la seule sécurité que l'État peut lui accorder, la seule qu'elle doit rechercher : la satisfaction ; on ne peut exiger davantage en échange d'un salaire. Après avoir eu le concours pour enseigner, elle avait été fière de payer des impôts, fière de servir l'État, fière d'être une valeur reconnue par l'État, fière de sentir la main de Marianne sur son épaule, elle avait voulu rembourser l'État avec intérêts.

Juin 2018, elle est quitte. Mais de quoi ?

45.

La même année, une femme prof est menacée par un élève avec un pistolet factice. Le ministre de l'Éducation nationale écrit une lettre où il avise que l'agression d'un professeur au lycée Édouard Branly de Créteil à la veille des vacances de la Toussaint a, à juste titre, indigné les Français. « Ce geste de menace a frappé les esprits parce qu'il incarne tout ce que nous ne voulons pas : la violence, l'irrespect de l'autorité du professeur et la négation des valeurs de la République. Dans ce contexte, vous êtes nombreux à avoir exprimé votre malaise face à la montée des incivilités et des agressions. Tout au long de l'année écoulée, j'ai eu l'occasion de m'exprimer et d'agir sur ces questions. Face aux violences de tous ordres, l'unité du monde adulte est essentielle. Chaque enfant, chaque adolescent a besoin de voir poser des règles claires et de comprendre qu'elles doivent être respectées par tous, sous peine de sanction. Relativiser ce principe éducatif, c'est laisser le champ ouvert à la loi du plus fort et c'est diluer le socle des valeurs de référence pour des élèves qui sont en pleine construction de leur personnalité. Les solutions face au défi de la violence passent par une vision éducative complète, incluant la relation avec les familles et l'ensemble des acteurs autour de l'École. Elles passent aussi par un suivi sans failles des manquements aux règles de la part de nos élèves. C'est pourquoi j'ai demandé que chaque fait soit signalé et qu'un suivi soit systématiquement assuré. Aucune école, aucun établissement ne sera jugé en fonction du nombre de signalements. Sur ce sujet, comme sur d'autres, ce qui compte c'est la lucidité et l'efficacité dans l'action. Cette mesure sera accompagnée d'un ensemble d'actions que j'ai présentées publiquement la semaine dernière pour assurer un climat scolaire serein, partout en France. Notre unité fera notre force pour réussir dans cette voie à l'échelle de chaque école, de chaque établissement et à l'échelle de notre pays. Avec toute ma confiance, Jean-Michel BLANQUER. »

Tout sonne faux.

Ça lui donne envie de boire une bière et de manger des chips en se grattant l'entrejambe.

— Il y a une réunion à 16 h 30 pour les profs volontaires.

— Je ne suis pas volontaire cette année. Et l'année prochaine non plus.

Au salon du tatouage, les gens assument ce qu'ils sont.

Arnaud,
professeur au lycée Jean Zay.
(Thiers)

46.

— Comment ça ?

— Ils s'habillent comme ils veulent, ils ont des tatouages dans le cou.

— Parfois il y a des tatouages avec des fautes d'orthographe ou avec des citations en latin qui ne veulent rien dire.

— Des idéogrammes chinois qui veulent dire wasabi ou sauce soja.

— T'as pas idée que ce monde-là existe. Et là, ils sont tous rassemblés.

— Paraît qu'elle a mis la main sur la vidéo-surveillance.

— De ?

— Du doigt.

— Et alors ?

— Je sais pas. Ça fait plus d'un an, paraît que ça la remue encore.

Elle a fermé les volets, ne supporte plus le regard suspicieux du puy de Dôme, n'arrive plus à lire, ferme les yeux sans pouvoir dormir. Les strates de sa vie se confondent, ses reniements, ses dénis, ses refoulements, ses impostures et ses masques se tiennent de profil derrière un miroir sans tain. Ses souvenirs ne peuvent pas choisir de coupable.

Elle a trente-quatre ans quand Django la frappe. Il est exclu du collège à treize ans. Avant d'arriver dans sa classe, il a déjà frappé une femme à un arrêt de bus. Les gendarmes le connaissent. Lui et sa famille. À seize ans, Django commet une autre agression, re-récidive, il est incarcéré. À vingt-cinq ans, on l'accuse de vol avec violence, il prend deux ans et demi ferme, il lance « J'ai la mort d'aller en prison pour rien » et *La Montagne* précise que c'est la vingt-sixième ligne sur son casier. Elle a quarante ans quand Jonathan l'insulte et la menace. Il est exclu du lycée à dix-neuf ans. Il est en rupture scolaire. Les gendarmes le connaissent. Lui et sa famille.

Un jour ou l'autre, ceux qui frappent et ceux qui sont frappés se rencontrent, c'est fatal, ça leur colle à la peau, ce désir de confrontation.

Jonathan, Django et elle ont connu la violence enfantine, celle qui te prouve que Machiavel a bien raison ; si la ruse ne te protège pas, use de la force, si tu ne peux user des lois, use de la violence. Agenouillés depuis l'enfance, les enfants machiavéliques désirent se relever, ils savent que ceux qui se tiennent debout et droit sont ceux qui créent la peur et donnent le châtiment ; souvent ils les aiment, ce sont leurs parents, leur famille.

En 2004, indemne de Django, Jonathan et Laurent, elle aime son fils de quatre ans au square Amadéo de Clermont-Ferrand ; plusieurs mères y mesurent la progression de leurs morveux. Autour du parc de centre-ville, s'agencent un lycée, un hôpital psychiatrique, une maison de bonnes sœurs, un institut de rééducation, des appartements haussmanniens et une zone d'immeubles gérés par un office HLM. Autour des gazons tondus, des aires de jeux, de la fontaine et des parterres de fleurs, on rencontre des mères allaitantes à chemise vichy, en docks, en jean Kiabi ou Dolce & Gabbana, une harmonie de femelles heureuses. La maman ne voit ni sa cape, ni son auréole, ni son sabre laser, ni ses menottes en forme de médailles ; pour l'instant, l'enfance de son garçon parfait d'innocence lui rachète la sienne, elle est Mary Poppins. Le bonheur est simple dans ce rendez-vous quotidien où les mères et les gosses créent une communauté puissante et vitale ; ce temps où l'on prend note du poids et de la taille des bébés qui grandissent, de la couleur de leurs selles, de la fréquence de leur sommeil, des premiers pas effondrés, des premiers mots grommelés, des premières couches qu'on abandonne au profit de slips et culottes mouillés qu'on étend sur les buissons. La mère Poppins adore ça, elle prépare sa maternité comme l'agreg et la joue hollywoodienne, elle chante pour les enfants, organise des jeux, imite les animaux du zoo ; le clown maternel sans honte vit l'enfance de son fils comme un remboursement différé de la sienne.

C'est au milieu de la comptine du crocodile que le type est arrivé ; grand, aviné, marginal, clouté et pantalon militaire. Depuis l'aire de jeux où les petits jouent au ballon, il titube une violence contenue qui attend de s'abattre. Il admoneste et bouscule l'espace pour que l'on s'écarte devant lui.

Les mères se figent.

Sauf Mary Poppins qui se retrouve mains sur les hanches à toiser l'homme depuis le sol. Il hurle. Du coin de l'œil, Mary aperçoit Aline, piercée, tatouée et Gaëlle, croix en or, chaussures Paul Smith, exfiltrer les enfants pour les mettre en lieu sûr. Mary est l'agneau dont on a troublé le maternage, le loup l'insulte, lui ordonne de partir, l'agnelle Mary ne bouge pas. Il la pousse, elle ne tombe pas. Il dit qu'il va la tuer, la casser en deux. Les autres mères l'appellent. La biquette Mary sent bien leur sagesse lui caresser le dos pour tenter le repli après un combat non violent victorieux, mais Miss Poppins reste debout, silencieuse, raide, droite, tendue.

Le corps de l'homme devient mou et bat en retraite. Dans les annales guerrières du parc Amadéo, on narre le duel épique de Mary Poppins face au méchant ogre triste.

Personne ne devine qui elle est réellement.

Mary est une ogresse depuis toujours.

C'est le risque pour ces enfants de la violence. Ils naissent et grandissent dans un attachement filial impossible et tangible, impardonnable et impunissable ; ils doivent survivre à ce lien, à ce manque d'amour ; être battu, ça creuse, ça donne faim.

La prof est née affamée, boulimique, prématurée d'une vie qui a commencé par le manque, s'est poursuivie par le manque, est devenue le manque. Elle a souvent eu faim : de sucre et de gens, de sécurité, de savoirs, de mots, de rires, de tout. Sa faim la porte à l'excès puisque sa faim est totalitaire.

Elle adore organiser des fêtes, des repas, faire la cuisine, nourrir les autres pour manger à sa faim. Dans sa classe de migrants, on aligne les tables de classe en banquet, on les recouvre de chips et de friandises, de gâteaux et de sodas, on met de la musique, on danse, on se prend en photo. La prof repère la silhouette maigre de la petite Marocaine, son mouvement lent et leste en même temps, le rythme des voleurs ; la gamine fourre des morceaux de gâteau dans ses poches. Cette orpheline si pâle, si frêle a connu la vraie faim du ventre, elle est restée des mois sur la tombe de sa mère à mendier et à guetter de la terre et du ciel un secours, venu sous la forme d'une tante clermontoise qui l'avait adoptée. Devant l'abondance gratuite, la petite vole ; elle a trop manqué, elle n'a pas le choix, c'est plus fort qu'elle. Le corps n'oublie jamais la faim.

La prof au ventre creux se ment.

La fille affamée se ment tout le temps.

La femme insatiable ne veut pas s'avouer que la faim blessée de l'enfance est toujours là, elle ne partira pas. Des années qu'elle fourre avec frénésie des miettes au fond de ses poches.

C'est une voleuse, une menteuse, une tricheuse.

Fausse à porter le costume des ventres pleins et apaisés, fausse dans l'image de sa réussite, fausse à donner l'illusion qu'il faudrait l'imiter, fausse à s'agiter pour le bien commun, elle ne s'en sort pas ; elle n'est pas formidable à être ce qu'elle est ; elle est épuisée, est épuisante, ce n'est pas une baffe qu'elle mériterait, c'est une série de dix, à croire que c'est ce qu'elle cherche : à être punie de sa faim de mensonge, pour en finir avec elle.

47.

Dans ce petit matin thiernois, à deux pas d'elle, fichés dans le sol du lycée, le drapeau européen et le drapeau français s'interrogent : pourquoi ne parle-t-elle pas ? Quand l'homme sort de sa voiture, il se passe cinq secondes avant qu'il ne la frappe. Pourquoi avec sa bouche pleine de mots, sa vie pleine de projets n'a-t-elle pas imaginé une conciliation avec excuses, explication, pacification, civilisation ?

D'habitude, elle parle trop. Toujours trop.

Elle écrit vite. Toujours trop vite.

Elle ne sait pas tenir sa langue.

Ce jour-là, elle tient sa langue et ne sait pas tenir ses doigts. Elle n'a rien à dire à l'homme qui la menace et veut l'effrayer ; de toute façon elle n'a pas d'arguments, c'est exprès qu'elle n'a pas traversé sur le passage piétons ; sa langue est collée dans sa bouche, elle n'a aucune envie de pacifier la situation, aucune envie de s'en tirer ; elle n'a pas envie de demander pardon à un homme qui klaxonne et qui lui crie dessus à deux centimètres du visage. Il la défie, lui dit « recommence », il ne mérite pas qu'elle lui parle, elle n'a pas envie de le calmer, pas envie d'extraire le moindre effort de mots pour cet homme, le moindre effort de mots pour elle-même, pour qui que ce soit ; il veut être humilié, l'humilier, elle va l'humilier. Elle se tait et recommence le geste.

La faim ne tient plus dans sa bouche.
Elle a abandonné les mots.

48.

La tricheuse a rendez-vous chez la gynécologue. Durant sa seconde grossesse, elle a battu le record de touchers vaginaux dans la catégorie gestation gémellaire, elle n'a ni le cœur ni le cul d'y aller, mais se retrouve les jambes écartées, les fesses en bout de table, les pieds sur les étriers. Le docteur S. parle sans arrêt avec son sourire développement personnel et sa chevelure rousse frisée serre-tête catholique; quoi de neuf? Y a eu du neuf en 2018. Baffe dans la gueule, arrêt maladie, divorce, etc. La doctoresse compatit ostensiblement et trifouille dans son armoire. Entre ses jambes, juste par-dessus son pubis, la patiente aperçoit un fauteuil en osier dans la véranda qui jouxte la cabine d'examen. Le fauteuil du film Emmanuelle. Ce serait bien d'être Emmanuelle, fixer ceux qui la regardent et surtout croiser les jambes. Le docteur S. est retournée à son bureau répondre au téléphone.

Son cauchemar lui revient à ce moment-là. Quelque chose de lointain, mystérieux vient la saisir et lui donne envie de partir en douce, sa culotte sous le bras. C'est un rêve indistinct dans l'impasse de son enfance, les jambes écartées, les pieds humides, elle est éduquée comme une proie. Il y a au moins une nuit, elle est petite fille allongée, on la maintient, on enlève ses vêtements, une grosse bouche embrasse partout, un doigt, deux doigts, des doigts la fouillent. Elle fixe le plafond, ne veut pas voir de visage, ne sait pas, ne veut pas savoir, se souvient qu'elle n'a pas mal. Mais honte. Elle n'a pas exactement peur, certaine que l'obéissance empêche la douleur. C'est la culotte. Surtout. Elle n'est plus à sa place. Ça fait naître la honte.

Dans le cabinet gynécologique, elle a froid dans un pli du temps où tous les possibles catastrophiques de l'enfance sont entre ses cuisses.

Le déterminisme éducatif des petites filles ne les protège pas : le danger vient de partout pour entrer à l'intérieur du corps féminin, le danger ne passe pas par les oreilles, ni par les trous de nez.

Au commencement était la peur.

Le docteur S. revient, enfile des gants, tire sur le latex, le bruit angoisse. Quelle loi peut empêcher le docteur S. d'exécuter son acte médical ? La gynéco s'arme d'un spéculum en métal. Cet objet terrorise dans sa forme, sa froideur, sa grosseur. Un murmure, gorge serrée articule : j'ai un peu peur. La gynéco n'est pas d'accord. Mais non, mais non. Elle essaie de la pénétrer avec l'outil. Un cri s'échappe de la bouche qui a peur. La gynéco s'offusque :

ah non pas moi. Le docteur S. organise des séminaires de réflexions gynécologiques et psychanalytiques.

C'est le chaos.

Le médecin pose le spéculum en métal et propose d'utiliser celui des vierges. Le mot ramène le cauchemar aux pieds mouillés, et aux doigts qui fouillent; proie, effroi, la patiente se met à compter à l'envers depuis dix mille pour éviter de se retrouver morcelée dans le puzzle de la peur.

L'honneur des vierges est le socle de la panique et de la violence.

La gynéco a une idée. Elle tend le spéculum, met ses mains de médecin sur celles de la femme apeurée, les mains expertes guident et l'examen est indolore.

Les deux femmes se sourient.

Le docteur S. s'appelle Marie-Élisabeth.

« Tiens bon. »

François,
écrivain vendéen.

49.

Le sommeil peine à venir.

Pour tricher et consoler son enfance, elle a forcé le trait de ses soumissions. L'*eye-liner* de sa vie lui dessine des yeux de raton laveur franco-arabo-berbère. Avant l'affaire Django, la violence était derrière elle, loin de conjurer sa férocité atavique, son zèle avait fini par la révéler ; la République n'a pas eu pouvoir de recouvrir la sauvagerie de sa vie ; au contraire. Elle avait voulu y croire, mais de sa main droite et de ses pieds, Django avait détruit son sanctuaire et ses mythes ; la violence, drapée d'un voile civil, institutionnel et national, l'avait rattrapée, la peur était revenue, elle n'était plus protégée. Pendant vingt ans les miroirs avaient été interdits à la petite fille, *ne vois pas ce que tu es, ni ce que tu as subi.* Avec Django, Jonathan, Laurent, elle a croisé son reflet ; ces trois fois-là, elle a désiré la rupture de son contrat républicain.

Elle avait lutté ; elle a échoué, elle n'a pas eu le choix, elle est restée sauvage. Le 16 janvier 2018 à 7 h 30, elle se saborde enfin pour en finir avec ses impostures.

C'est bon,
c'est une fille sauvage,
une racaille, stop,
on arrête tout,
bas les masques la ratonne.
Doigt d'honneur.

Qu'aurait-elle pu faire d'autre en vérité ?

Elle a soif, sort de son lit et descend à la cuisine, l'eau froide la soulage, elle monte la bouteille. Son ridicule lit king size n'accueille toujours pas le sommeil. Il fait chaud. Elle colle le verre frais contre sa peau. L'eau représente en moyenne 60 % du poids du corps d'un adulte, mais ce pourcentage varie selon l'âge, chez un nourrisson, cette proportion atteint les 75 %, alors qu'elle est réduite à environ 50 % chez un senior.

C'est pareil avec sa peur.

Comme elle n'a jamais quitté son enfance, elle est constituée à 75 % de peur.

Combien de jours peut-elle vivre sans peur ? Sans créer sa peur ? Sans mettre en jeu sa vie à outrance dans des situations où elle doit sans cesse prouver son intrépidité ? Insatiable, inépuisable, sa peur la porte vers une autre peur et chaque jour, et chaque nuit, elle ne s'épargne rien.

Hologramme en 3D, blanche et carrée, la peur est l'amie imaginaire de son enfance. Elle a des coins pour se réfugier, s'illumine pour guider, aveugle pour protéger. L'amie se tient au milieu du salon, dans sa chambre, partout, tout le temps. La nuit, la peur est chaude, immobile, s'allonge, les yeux ouverts, inoffensive et craintive des portes et des fenêtres. La femme veut arrêter de (se) mentir, on n'affronte ni ne combat la peur, parce que c'est la nourrir. Il faut la contempler pour la comprendre et l'affaiblir, peut-être pour la voir disparaître.

Mais si son corps a toujours contenu 60 à 75 % de peur, par quoi va-t-elle la remplacer ?

Depuis des années, elle a ce rêve têtu familier qui la laisse démunie ; celui d'une maison, miroir de l'appartement impasse Verlaine. Dans son songe urbain, le logement a des étages et elle est une petite fille inquiète ; elle n'a pas préparé assez à manger, pas assez nettoyé le sol, il n'y a pas assez de nourriture pour les invités. Cette peur la poursuit, la gamine passe des nuits entières à chercher des solutions, à préparer davantage, à nettoyer davantage ; en vain.

La nourriture, c'est elle ; la pâture, c'est elle ; la saleté, c'est elle.

Elle n'a pas tout dit, ne peut pas tout dire. Longtemps, la littérature lui a servi d'esquive, désormais plus elle écrit, moins elle a peur ; plus elle écrit, moins elle ment. La littérature ne supporte pas le mensonge ; qui veut la littérature, devra passer par la vérité ; l'écriture ne soigne pas, l'écriture déterre les corps pour les faire parler. L'écriture doit faire l'enquête pour découvrir ce cadavre d'enfant gisant quelque part nu et violé dans une forêt familière. Elle devra écrire pour avoir la beauté en échange de la peur, la littérature en place de la honte.

Tout ce qui identifie sa chair est cause d'humiliation, elle n'a pas le sens de sa dignité, elle ne l'a jamais eu, n'a jamais pu l'avoir. On la lui a prise. L'honneur, c'est pas la dignité. L'honneur, c'est pour les autres, la dignité c'est pour soi. Elle a couru après l'honneur hypocrite parce que sa dignité lui échappe toujours. Elle n'est pas une guerrière. Pour quoi l'être ? Pas une proie. Son innocence n'existe pas. Le second doigt d'honneur, c'est le dernier round, elle se punit de toutes ses soumissions, elle se punit d'avoir joui de son obéissance, d'avoir appris à satisfaire la violence prédatrice, d'avoir été sécurisée par la brutalité mâle qu'elle subissait.

Son corps est sa maison, une maison dont elle n'a jamais eu les clés, une maison où l'on pouvait entrer et sortir sans lui demander son autorisation ; une maison en plâtre battu ; une maison sans refuge car la peur maintient une farandole de blessures oubliées.

Quand l'automobiliste a klaxonné, le sursaut de peur l'a pénétrée et sa chair n'a pas voulu, la maison était pleine. Le second doigt d'honneur, il est contre elle-même. Son geste rebelle lui donne une chance de victoire et de vérité, tant pis si ça lui est fatal.

Elle gratte un bout de dignité dans sa condition humiliée.

Haki, prends ça, explose tout, nettoie tout, range, arrête un peu maintenant.

Yizzi. Ça suffit.

Khalas. Stop.

Possède-toi.

Grâce au doigt, elle obtient enfin les clés de son corps ; la lune éclaire l'ombre du puy de Dôme aux allures de mont Olympe. Heureusement qu'il y a un Dieu fou en elle, un Dieu qui n'a pas besoin de culte, juste de joie ; parce qu'elle ne sait rien faire sans danser. Elle sourit d'être vivante, elle existe, même si elle a toujours peur de l'intime.

50.

À la librairie les Volcans, à Clermont-Ferrand, le patio est comble, Fred et Marie lui posent des questions sur son livre *Impasse Verlaine* puis dans le fond, une femme du public.

Est-ce que votre mère a lu votre livre ?

Quelques mois plus tôt, elle est allée voir sa mère pour lui parler de la publication, espérant un peu de fierté, mais surtout désirant avouer l'acte d'écriture comme fruit de leur histoire commune. Elle retrouve Vendredi esseulée dans l'appartement impeccable et ordonné d'un autre quartier nord ; assise sur un canapé tendu d'une couverture pourpre, Vendredi attend la fin de la journée ; balbutiante et embarrassée, la mère est trop heureuse de revoir la fille aînée pour l'engueuler de sa longue absence. La fille observe la mère, les cheveux courts brûlés par les multiples teintures, les doigts dévorés par l'arthrose, figés en serres sur ses paumes, le pyjama à lys violets, les lèvres fines et crispées, le visage bouffi par les corticoïdes qui ont dévoré beauté et jeunesse berbères. Vendredi boite d'une énième et mystérieuse opération chirurgicale, elle explique : « Quand je m'énerve, je casse tout en morceaux et après je répare tout. » La fille plaisante : et les enfants ? « Tout se répare, même les enfants, la preuve, t'es pas en morceaux. » Elles rient en chœur, comme avant, sa mère adore les histoires drôles.

L'ordinateur sur les genoux, la fille voudrait lire son texte. Elle commence par les premières pages qui reconstituent le moment de sa naissance, qui recréent les conditions de cette grossesse impossible pour sa mère adolescente. La femme au corps vieilli et puni par la vie écoute et murmure dans un sourire satisfait : c'est vrai ça, ah oui, c'est bien vrai tout ça. L'écrivaine, flattée, poursuit sa lecture ; mais la bergère analphabète s'ennuie, la fille saute des paragraphes, traduit en français courant son lexique littéraire puis se rend compte que la situation n'a aucun intérêt pour la mère ; la prof résume, chapitre après chapitre ; là, j'ai raconté ça, et là, j'ai raconté ça. Enfin, on arrive aux violences (là où elle voulait en venir), la voix ralentit et énumère les scènes : impassible, Vendredi écoute ; son silence poli laisse s'égrener les faits jusqu'à la dernière brutalité. Aucune réaction. Soulagée, bonne camarade, l'écrivaine sourit et évoque ce passage sur la chasse aux poux. Vendredi bondit de son canapé. Furieuse. Quoi ? Ça va pas Dalila ? Pourquoi tu racontes ça ? Les poux ? Raconter que tu avais des poux dans un livre ?

Elle ne veut plus rien savoir. Parce que ça lui plaît pas tant que ça qu'on sache, ça lui plaît pas tant que ça qu'on raconte un passé mort et enterré, un passé de pauvre, en plus. L'écrivaine a oublié toute la patience de sa maman à lui avoir épargné la honte de la pauvreté ; bien la peine si elle raconte ça dans un livre : Professeur, c'est bien, c'est quoi ça écrire des livres ; tu vas encore t'abîmer les yeux avec ton ordinateur, déjà que tu as des lunettes, tu vas rester toute seule, tu vas perdre le moral. L'écrivaine solitaire range l'immoral ordinateur.

Peu rancunière, réveillée par la présence d'un public, sa fille préférée, Vendredi raconte alors le pourquoi de sa jambe immobilisée, elle a glissé dans un Sarkosy, faut comprendre jacuzzi, et de conclure : « Les gens, ils m'aiment à mort. Tout le monde m'aime parce que moi, je ne suis pas une menteuse. Je ne veux pas inventer les choses. J'aime dire la vérité. Si je veux, je dis ta gueule ! Je dis la vérité de bon cœur, je n'ai pas de pitié. »

51.

L'écrivaine a une tournée de huit lycées à faire dans la région Rhône-Alpes-Auvergne pour parler de son premier roman publié. À Villeurbanne, tout la renverse : le regard de gamines arabes qui l'attendent et murmurent comme des papillons affolés, « elle est là », la première de couverture de son livre affichée sur plusieurs écrans ; elle ne contrôle pas, l'émotion l'étreint, l'étouffe ; c'est trop. Son livre laisse croire à une logique de conte de fées, même si le conte est cruel. Les petites, les profs la regardent avec espoir. Espoir qu'elle ne mérite pas, elle a eu de la chance, voilà tout.

Jusqu'à présent, elle parlait de son livre comme une conservatrice de musée, éludait les questions qui touchent ses points d'imposture. Face aux lycéens de la banlieue lyonnaise, sa comédie humaniste et élitiste méritocrate est indécente. Les gagnants servent à dissimuler les perdants sous le tapis éducatif. Peu ont lu le livre ; surthéâtrale, elle lit des chapitres, ça les fait réagir. Elle répond, s'interdit d'être une prêtresse à la bonne parole, mais ne révèle pas tout. L'émotion est fraternelle, ils savent de quoi est faite une impasse. Le garçon : ce que vous écrivez sur la tête d'Arabe, moi c'est pareil ; tous les matins quand je me regarde dans un miroir, je suis noir.

C'est en Ardèche que ça arrive. Durant les trois heures de route, elle bavarde avec Faustine qui la conduit, l'écrivaine parle de littérature, de joie et de cet appel de vérité que réclament les lycéens ; de cette loyauté qu'elle est obligée d'offrir à ces inconnus qui lui font confiance et se cherchent dans son livre. Au lycée du Cheylard, les inutiles portiques Wauquiez ne fonctionnent pas, elles pénètrent dans l'établissement encadré de verdure ; la rencontre se termine par la présentation de travaux d'élèves.

Deux lycéennes ont inventé une bande-annonce pour inciter à lire *Impasse Verlaine* ; le court-métrage s'ouvre sur un gros plan : deux mains de fille épluchent une pomme de terre. L'image l'écrase de sa justesse. Les gamines se sont filmées en Vendredi, en petite fille des Aurès, les brebis de l'Ardèche sont celles d'Algérie ; elles ont tout compris, la politesse et la puissance de l'art, c'est le détail. Le dernier plan imite la silhouette de la narratrice – la sienne – avec sa guitare, une silhouette qui part, une silhouette qui tourne le dos à son histoire de HLM auvergnat. Son passé reprend forme tragique et c'est le film de ces petites qui le fait revivre. La lumière se rallume, ça pleure, y compris elle ; c'est indigne, mais incontrôlable. Arrive Jeanne ; j'ai écrit un texte à partir de votre livre ;

la jeune fille a pris des phrases, les a mises dans un autre ordre pour écrire une histoire. Elle lit. Boucles blondes, yeux mangas bleus, corps malingre, timidité souriante. Le silence est de larmes quand elle a terminé sa lecture. La petite s'approche de l'écrivaine, tend les bras, se blottit et lui murmure, merci pour votre livre ; l'écrivaine bouleversée, honteuse, refuse, et dit, non, c'est ton texte ; Jeanne vient de raconter le mal que son grand-père lui a fait. La question de la petite aux yeux mangas accrochée à sa vulnérabilité est un appel : Comment vous en êtes-vous sortie ?

L'écrivaine ne peut plus éluder, son corps n'est pas un musée, la vie non plus, aucun souvenir n'est une toile gelée sur un mur capitonné, son imposture brûle, elle le dit à Jeanne, tout bas, elle est obligée. Je ne m'en suis pas sortie, on ne s'en sort pas, tu ne t'en sortiras pas Jeanne, on est fabriqué de notre enfance, le mal que tu as subi t'a fabriquée. La jeune fille ne comprend pas, ses yeux pleurent, mais les petites mains serrent le corps écrivain qui parle encore : ce n'est pas de ta faute, ce n'est pas de ta faute, ce n'est pas de ta faute mais c'est arrivé.

Elle ne raconte pas ces jours où elle visualisait les hommes de sa famille qu'elle éventrait un à un, ni cette secrète consolation d'imaginer la cascade de tripes se déverser sur leurs genoux. Elle ne s'en est pas sortie, elle a fui une impasse, une histoire et la vérité ; la survie n'a pas le temps de la dentelle, la survie est capable de beaucoup de mensonges pour légitimer sa violence. Elle ne veut pas cela pour Jeanne. Elles appartiennent à la même légion de créatures infimes sans mérite. Il n'y a pas de chemin nécessaire à parcourir, il n'y a pas de porte de sortie ; la vie est présente dès maintenant. Pas de croix, pas de chemin de croix, pas de leçon.

Mise en page par Soft Office

Cet ouvrage a été imprimé
par CPI Firmin-Didot
pour le compte des éditions Grasset
à Mesnil-sur-l'Estrée (Eure)
en juin 2021

N° d'édition : 22088 – N° d'impression : 165118
Première édition, dépôt légal : février 2021
Nouveau tirage, dépôt légal : juin 2021
Imprimé en France